D1937050

Kurt Dieman-Dichtl

SOLANG
EIN
WARMER
ATEM
WEHT

Kurt Dieman-Dichtl

SOLANG EIN WARMER ATEM WEHT

Gesammelte Gedichte

Styria

CIP-Titelaufnahme der Deutschen Bibliothek

Dieman, Kurt:
Solang ein warmer Atem weht : gesammelte Gedichte /
Kurt Dieman-Dichtl. –
Graz ; Wien ; Köln : Verl. Styria, 1990
ISBN 3-222-11988-0

© 1990 Verlag Styria Graz Wien Köln
Alle Rechte vorbehalten
Printed in Austria
Satz und Druck:
Druck- und Verlagshaus Styria, Graz
Bindung: Wiener Verlag, Himberg
ISBN 3-222-11988-0

Dank und Widmung

Nicht wenige von den Gedichten, die mir im Laufe bald eines halben Jahrhunderts entstanden sind – beginnend in den Kriegsjahren und oft mit Unterbrechungen von mehr als einem Jahrzehnt –, sind mit der Steiermark verbunden: durch Thema, Entstehungsort und Anstoß, der mir aus dem Steirischen zukam. Meine „Steirischen Gedichte", die schon als eigener Band erschienen und vergriffen sind, sehe ich als eine Art Abschluß meines bisherigen „lyrischen" Schaffens. Sie haben daher einen entsprechenden Platz in diesem Buch gefunden.

Die stärksten Naturerlebnisse – und meine Gedichte sind von Anfang an vorzüglich aus der Natur gewonnen – habe ich in der Steiermark empfangen. Es sei ihr dafür mit Wort und Vers gedankt!

Der große steirische Dichter Max Mell, dem ich auf dem Scheitelpunkt meines Lebens begegnen durfte und dessen erhabenes Künstlertum heute der Heimat so sehr fehlt, hat mich zum Schreiben, zum „Dichten" ermuntert und mich darin durch unvergessenen und verpflichtenden Zuspruch gestärkt. Dieser Zuspruch wirkt auch als „Lenkkraft" in manchem Gedicht, das in Wien, meiner mir bestimmten „Vaterstadt", seine Wurzeln hat und in der Zeit nach 1968 entstanden ist.

All diese Bezüge haben mich dazu bestimmt, die erste vollständige Sammlung meiner Gedichte dem geliebten Land Steiermark und seinem „Landesvater", meinem langjährigen und verehrten Freund Josef Krainer, zu widmen. Sein „Sechziger", begangen im Jahr, da dieses Buch erscheint, gibt einen weiteren schönen Anlaß hiezu. Er nehme die Widmung an: stellvertretend für Max Mell, dem die besondere Verehrung seines Vaters galt; stellvertretend auch für alle in der Steiermark, die meine Freunde zu nennen ich froh und dankbar bin.

Wieder einmal in Graz,
5. März 1990

KURT DIEMAN-DICHTL

Vorwort

In meinem holzgetäfelten Büro im alten Zuserthalschlössel ist mir Kurt Dieman das erste Mal gegenüber gesessen. Ich empfand eine sonderbare Verwandtschaft zu diesem trotz seiner Körpergröße drahtigen Mann. Adrett gekleidet, roch er nach frischer Rasur, mit eleganten Handbewegungen unterstrich er, seinen sonoren Bariton von verbindlicher Höflichkeit zu gebieterischem Pathos modulierend, sein Begehr. Ich wußte nach wenigen Minuten, daß ich diesem Mann mit der Aura eines Alt-Österreichers, der mich so sehr an längst verstorbene Freunde meines Vaters, alles k. u. k. Offiziere, erinnerte, keinen Wunsch abschlagen würde.

Über 20 Jahre habe ich mit ihm, dem fündigen Ideenbringer, der sein Herz an die Steiermark verschenkt hatte und der diese Liebe in Bild und Ton umzusetzen suchte, Fernseh- und Radioprojekte diskutiert und, wo es ging, auch ermöglicht. Der TV-Reihe „Eggenberger Musikkalender", Ergebnis unserer ersten Begegnung, folgte ein Film über die steirischen Marienheiligtümer, dann die Porträts von Max Mell, Hanns Koren und Josef Schoiswohl, aus der Radioreihe „Schubert in der Steiermark" ist als optisches Konzentrat ein Schubertfilm geworden, schließlich ging aus der umfangreichen Hörfunk-Sendereihe „Steirische Spezialitäten von A bis Z" eine Publikation hervor, die Kurt Jungwirth in seinem Vorwort ein „Wunderbuch" genannt hat: „Von einem, der mit der Seele schaut".

Nun hat mich Kurt Dieman ersucht, zu diesem Buch, das sein bislang vorliegendes lyrisches Gesamtwerk enthält, ein Vorwort zu schreiben. Und ich konnte ihm auch diesen Wunsch nicht abschlagen. Allerdings fällt es mir nicht leicht, zu Hanns Koren, der den bei der STYRIA erschienenen Gedichtband „In Sonnenlicht und Nebelkleid" einbegleitet hat und darüber schrieb: „In Form und Tiefe überzeugende Kunst", eigenes hinzuzufügen. Koren hat ihn einen „homo musicus“ genannt, einen, für den Musik „das Thema seiner Lebensarbeit“ sei. Zu ihr hin und von ihr aus gingen die Linien in alle künstlerischen und gesellschaftlichen Bereiche. Ich unterstreiche diese Beobachtung, wenn ich über die Gedichte Diemans nachsinne. Schon Fritz Muliar bekundete in einem Vorwort zu einem anderen Büchlein, „man muß sie laut lesen. Darin liegt ihr besonderer Reiz.“

In der Tat berührt einen „eine längst verklungene Weis'“, wenn man sich ihnen hingibt. Die Musikalität Weinhebers paart sich da mit den Formidealen Max Mells, dem sich Dieman in seinem lyrischen Schaffen so sehr verpflichtet fühlt: „Alles ist aus der Form zu gewinnen“, ist das Leitmotiv Mells. Und es ist eine musikalische Form, mit der Dieman dieses Postulat im Gefolge seines großen Lehrmeisters nachvollzieht.

Auch sonst vermag man sich des Eindrucks nicht zu erwehren, daß Dieman randvoll ist von musikalischen Ausdrucksfähigkeiten. Da poltert er im Fortissimo los, wenn er als „streitbarer Mann“, wie ihn Koren nennt, „in allem, was vorgeht in der res publica, in litteris et artibus, was geschieht, getan und unterlassen wird, nach dem Rechten sehen, in den Hintergrund hineinleuchten, die Motive überprüfen will“. Er befleißigt sich der Molltöne, wenn er über das zerstörerische Werk der „Moderne“ und „Postmoderne“ räsoniert, doch auch das Scherzo ist ihm nicht fremd, wenn er sich über das eigene Gründeln erhebt und als angestammter wie abtrünniger Wiener sich und die Welt als Hanswurstelei verspottet.

In all dem ist er mir, auch wenn ich da und dort seine Ansichten nicht teilte, liebenswert geblieben. Da war immer einer, der sich zu sagen traute, was er sich dachte, einer, der es sich herausnahm, als freier Mann zu leben, und dem, was ihm naheging, unbeirrt nachzugehen. Und wir Steirer können uns wohl glücklich schätzen, daß er, seit er als siebenjähriger Bub „erstmals in Pürgg den Fuß auf steirische Erde setzte“, die Liebe zu diesem Land unbeirrt vertieft hat. Er fühlt sich mit Franz Schubert verbunden, den einst der Abschied von der Steiermark auf seiner Heimreise nach Wien so wehmütig stimmte: „In seiner und meiner Vaterstadt ist immer etwas Bitteres, dem ich mich in der Steiermark nie ausgesetzt fühle." Wir glauben Dieman diese Worte. Auch, daß er sich wünschte, hier, in seiner Wahlheimat, seinen Lebensabend zu verbringen. Es wird, wie ich ihn kenne, keine Dämmerung eintreten an diesem Abend. Dieser aufrechte Mann ist allzeit zu wach und wachsam geblieben!

EMIL BREISACH

„In mir ist die Dämmerung“

Auf Wanderschaft

Woher komme ich?
Wohin gehe ich?
Warum wandere ich durch dieses fremde Land
voll Ungewißheit und Feindschaft?

Wer zeigt mir mein Ziel?
Wer weist mir meinen Weg?
Noch ist es Nacht.
Wann kommst du, ersehntes Licht?

Ich bin fern von dir,
ausgestoßen und ruhelos.
Doch ich weiß um dich und deinen Tag.
In mir ist die Dämmerung.

Währing, in der Kriegszeit

Traum von der Heimat

Mein Geist verirrt sich in die ferne Jugendzeit.
Mir ist, als ob in meiner Brust ein Gestern spricht.
Ein lichter Engel führt mich wie an Freundeshand
noch einmal, eh' der Träume Wunderwelt zerbricht,
in mein morgenschönes, unsterbliches Vaterland.

Währing, 1943

Advent

Nebel ziehen über die Heide,
tränenschwer.

An Teiches Ufer träumt eine Weide,
trauerschwer.

Mir ist, als ob aus Erdentiefe
erschütternd eine Stimme riefe:
Kyrie eleison!

Doch aus dem Dunkel dringt ein Singen,
verheißungsvolles Glockenklingen:
Gloria in excelsis Deo!

Türkenschanzpark, in der Kriegszeit

Wunsch und Wissen

Ich sehne mich nach einem stillen Land,
wo ich Gedichte kann und Lieder schreiben,
des Lebens wirrem, wechselvollem Treiben
und lärmendem Getümmel abgewandt.

Wo mich des Tages grelles Licht nicht blendet
und sanfter Träume Weben mich geborgen hält:
Ein Gnadenstrom aus ferner Geisterwelt,
der Tröstung mir in bangen Nächten spendet.

Mir ist, als könnt' ich Menschen nicht mehr seh'n.
Ich flüchte mich vor ihnen in die Einsamkeit.
Dort will ich schweigend meine Wege geh'n
und warten, denn es kommt auch meine Zeit.

Währing, in der Kriegszeit

Bescheiden

Es herbstet schon:
Bunt färben sich die Blätter an den Bäumen.
Jetzt kommt die Zeit, da wir in stillen Räumen
uns in die Stühle der Erinnerungen lehnen
und die geliebten Dämmerstunden
in Weltvergessenheit durchträumen.

Mich faßt ein insgeheimes Sehnen
nach etwas, das ich nie gefunden.

Vom Bergrand grüßt mit fernem Leuchten
ein letzter matter Sonnenstrahl,
eh' aus dem Tal, wo sich die Birken neigen
am See, die grauen, feuchten
und geisterhaften Nebel steigen.

Mir ist, als wollten Tote aufersteh'n
und mit mir durch den Garten geh'n,
wohl auf denselben alten Wegen,
die ich so oft einst an den langen
und einsamen Abenden gegangen.

Jetzt bringen ihre Geister Segen,
umkreisen friedlich dieses Haus.
Hier laß mich sein an ihrer Seite!
Mich treibt es nicht mehr in die weite
und aufgeregte Welt hinaus:
Um Menschenlohn.

Währing, in der Kriegszeit

Erzbischöfliches Palais

Neun Uhr früh am Stephansplatz:
Ein Wochentag wie eh und je,
viel Autos, Leute, Lärm und Hast.

Ich geh' hinüber ins Palais.
Schwer fällt ins Schloß das große Tor,
und hinter mir versinkt der Tag,
der graue Alltag, furchtgeladen.

Vom Heidenturm ein Glockenschlag.
Ein Brunnen lädt zu stiller Rast
im Efeuschatten der Arkaden.

Dort oben wohnt der Kardinal.
Ich steige zu ihm die Stiege hinauf.
Er selber macht mir die Türe auf.
Dann führt er mich durch seine Zimmer.

Da liegen in wüstem Gehäuf noch die Trümmer:
zerschlagene Tische, zerbrochene Stühle,
Spiegel und Luster, zersplittert, in Scherben.

Und rings an den Wänden
die Heiligenbilder, von boshaften Händen
zerstochen, zerschnitten.
Der Heiland am Kreuz, geschändet inmitten.

Wer sühnt die Untat der Verhetzten?
Wir, die wir unwürdige Erben
ehrwürdiger Vergangenheit!

Jetzt herrschen ringsum Leid und Not,
denn unsere Heiligen sind tot,
und alles treibt nur ins Verderben.

Zu Rächern sind wir nicht erkoren:
aus Geist und Wasser lichtgeboren,
indes die Liebe ohne End'
nur gnädiges Vergessen kennt.

Ein schmaler Streifen Sonnenschimmer
durchwandert die zerstörten Zimmer:
Botschaft von oben, die verzeiht.

Bischöfe in goldenen Rahmen
nicken stumm dazu ihr Amen.
Ihr Blick umfängt mich warm und weich.
Ich bin daheim in Österreich.

Was hat die Zeit aus ihm gemacht?
Sein Geist lebt weiter, treu bedacht
vom Herrn im purpurnen Talar.

Und vor Sankt Stephans Hochaltar,
im Kreis der Domherrn im Rochett,
ganz angetan mit Violett,
ereignet sich, was ahnbar kaum:

Da leuchtet durch den Kirchenraum
das Licht der Feiheit, die verbannt,
vertrieben jetzt aus unserm Land.

Die braune Sturmflut hat entweiht,
was allen einmal heilig war
und was noch liebevoll erhalten:
zum Opfer fällt es dieser Zeit.

Die kennt nicht Gnade und Erbarmen,
entfesselt finstere Gewalten,
stellt Böses nur dem Bösen vor.

Doch aus dem Schoß der Schwachen, Armen,
Verfolgten, Unterganggeweihten
ersteht der Glaube neuer Zeiten.

Währing, 1943
Nach einem Besuch bei Theodor Kardinal Innitzer

Vergleiche

Mit unsrer Liebe ist's wie mit dem Sonnenlicht:
Es strahlt dem Tag, dem neuen, schon voraus,
sobald das Morgengrau durch Nacht und Dunkel bricht,
eh', Liebste, du erwacht aus deinem Schlummerhaus.

Mit unsrer Liebe ist's wie mit dem Silberschein
aus Himmelsräumen ewig weit und fern:
Noch sehen wir sein Leuchten, doch es kann auch sein,
daß es bloß Nachglanz ist von einem längst
erlosch'nen Stern.

O sag' mir, soll es Anfang oder Ende sein?
Kann Plötzliches zum Bleibenden sich wenden?
Ich sagte dir, ich wäre immer dein,
und wenn auch nichts ein letztes Sehnen stillt,
solange nur aus deinen vollen Händen
der Liebe reine, überreiche Gnade quillt.

Josefstadt, Herbst 1945

Einem jungen Künstler

Dies ist Dein Amt: Der Welt verkünden
Geheimnisse aus tiefsten Gründen
der Seele. Was in ihren Falten
verborgen ist, sollst Du gestalten.
Auch bist berufen Du, zu geben
den Menschen Nachricht von dem Leben
der Geister, die die Welt bewegen.
Und es wird ihnen Heil und Segen
im Angesichte Deiner Werke.
Dies ist Dein Amt: Sei ihnen Stärke!

Währing, Herbst 1945
Nach einem Atelierbesuch bei Heinrich Leopold Maresch

Aufbruch

Variationen über ein Thema von Michail Jurjewitsch Lermontow

Weil meine Worte dumpf und traurig klingen,
weinst Engel du und nennst mich elend – nein!
Es soll doch dieses schmerzlich bittere Ringen
nur Vorempfindung herrlicher Triumphe sein.

Oh, laß mich fliehen jenen Bann des Bösen!
Das wunde Herz erfüllt mit neuer Kraft,
mit Mut und Hoffnung, so will ich mich lösen
vom Truggebilde dunkler Leidenschaft.

Könnt' ich den Mut zum Aufbruch nicht mehr finden,
wo bliebe jener Sieg, an den ich fest geglaubt?
Schon fühle ich die besten Kräfte schwinden,
die unverständige Menschen böse mir geraubt.

Ihr habt den Ruf der Freiheit nicht verstanden,
weil ihr betört von blinder Eifersucht.
Seht euer Werk: Was wir in Glück einst fanden,
entschwindet nun in schattenhafter Flucht.

Wo ist die Liebe, von der sie so viel gesprochen?
Nichts blieb mir mehr, als mein geschändetes Vertraun.
Die letzten Brücken sind in jähem Sturm zerbrochen,
und keiner, keiner wagt sie wieder aufzubaun.

So suche ich nach Frieden hier vergebens,
denn ein Gedanke quält mich allerwärts:
Mich ekelt jenes zügellosen Lebens
in öder Fremde, liebeleer und ohne Herz.

Währing, 2. Mai 1948

Nicht dich lieb' ich

Nach Michail Jurjewitsch Lermontow

Nicht dich lieb' ich, nicht dich lieb' ich mit solcher Glut,
denn nicht für mich erglänzen deiner Schönheit Strahlen.
Ich lieb' in dir unüberwundene Liebesqualen
und meine Jugend, die in kühlen Grüften ruht.

Manchmal ist mir, als ob an deinem Herzen
all meine Leiden, meine Zweifel Ruhe fänden.
Oh, nimm hinweg mit deinen guten Händen
von meiner Seele jene bitteren Trennungsschmerzen.

Nicht dich lieb' ich, nicht dich lieb' ich mit solcher Glut.
In deinen Blicken such' ich andere Kunde,
in deinem Kuß den Kuß von stummem Munde
der Freundin, deren Bildnis tief in meiner Seele ruht.

Währing, 4. Mai 1948

Das Schiff

Nach Michail Jurjewitsch Lermontow

Ein Schiff in sternenhohen Nächten
fährt einsam übers weite Meer,
gesteuert von geheimen Mächten,
das weiße Segel tränenschwer.

Und da erwacht mit einem Male
das Meer, in wildem Zorn entbrannt.
Es schwankt des Mondes Silberschale
in sturmgepeitschter Wolkenhand.

Es heult der Wind, es braust die Welle,
und mit Geächz biegt sich sein Mast.
Nicht eilt es zu des Glückes Schwelle,
noch flieht es vor des Leides Last.

Umtobt von wilden Wasserfluten
strebt es zum fernen Äthermeer,
dem Geiste folgend, der es schuf
und der mit urgewaltigem Ruf
nach Sturm begehrt, voll Blitzesgluten,
als ob in Stürmen Ruhe wär'!

Währing, August 1948

Gott

Und Gott ist tot.
Auf irrer Bahn
umgaukelt dich entfesselter Gedankenflug.
Ist es nicht Wahn,
was jene reden: eitel Blendwerk und Betrug?

Wer nicht im Trott
mitzieht die Straße in das Ausweglose,
für den lebt Gott
im süßlich schweren Duft der welken Rose,
im Lösen ihrer Blätter, blutgerötet
und bar des Eitlen, das ihn dir getötet.

Währing, 1949

In der Mitte des Jahrhunderts

An einer Straßenecke steht ein Mann mit Stelzfuß
und zwei Krücken.
Und neben ihm sitzt eine blinde Frau,
die spielt Harmonika.
Der Mann hält seine Mütze hin mit stummem Nicken.
Daneben sitzt die blinde Frau und spielt Harmonika.

Und Menschen leben! Doch als wäre nichts geschehn,
siehst du sie teilnahmslos vorübergehn.

An einer Straßenecke steht ein Mann mit Stelzfuß
und zwei Krücken.
Und neben ihm sitzt eine blinde Frau,
die spielt Harmonika.
Der Mann hält seine Mütze hin mit stummem Nicken.
Daneben sitzt die blinde Frau und spielt Harmonika.

Im Durchhaus Michaelerplatz/Habsburgergasse, 1949

Auf nächtlicher Fahrt

Mein Weg führt mich zurück in die Vergangenheit.
Ich kehre heim in ein verlorenes Land.
Dein Singen klingt wie Flöten im Novemberwind.
Die Liebe ist gestorben, und ihr Kind ist tot,
weil ich mein Leben einer fremden Mutter schenkte.
Ich liebe dich, weil du ein Stück von diesem Leben bist,
vereint mit allem in der großen Liebe Schreiten.

Scheinwerfer tasten in den Schoß der Nacht.
Gespenstisch leuchten Ziffern auf am Straßenrand.
Recht wird zu Unrecht, wenn's dem Recht nur nützt.
Das sind Signale für den freigewählten Untergang.
Dein Singen klingt wie Flöten im Novemberwind. –
Doch nicht mit Liedern ohne Wirklichkeit:
mit festen Händen baust du deine neue Welt!

Während einer Autofahrt durchs Murtal, 1950

Gegensatz

Dein Fraulichsein erblüht in vielen Dingen:
im Klang der Stimme und im zarten Spiel der Hand
und in den Worten, die von dir empfingen
freundliche Botschaft aus dem weitem Land,
das keine Grenzen und nur Brücken kennt.

Das Männliche will immer Grenze sein.
Das Frauliche gleicht vielen Brücken.
Die Brücke überwindet alles Einsamsein.
Sie spannt die Arme aus, um zu beglücken,
indem sie eint und bindet, was getrennt.

Währing, 29. Oktober 1950

Abschied

Schreibe,
riefst du aus des Dunkels Mitte.
Bleibe,
war meine ungesagte Bitte.

Aus deinem Mund schrie meine Not.
Mir war, als gingst du in den Tod.

Die Liebe wurdc uns zum Leide:
Schuld hatten wir beide.

Wiener Neustadt, 18. November 1950

Vergleiche

Mein Kopf gleicht einem Bienenhaus:
Gedanken schwärmen ein und aus
und nippen still im Hintergrund
den Honigseim von deinem Mund.

Mein Herz gleicht einem dunklen Wald,
voll unbekanntem Hinterhalt.
Mein Mund gleicht einem muntern Quell,
voll Silbertönen, lockend, hell.

Womit magst du vergleichbar sein?
Bist meiner Freuden Schatzkästlein.
Verliebt und stets zum Kuß bereit:
ein Hort beglückter Heiterkeit.

Auf dem Kreuzberg, 5. Dezember 1950

Ecce homo

Wir sind ein Teil der allzeit gegenwärtigen
Vergangenheit.
Tu' deine Augen auf und rede mir vom Gestern,
Gesicht des Menschen, das nach Mitleid schreit.
Wie ähnlich sind wir Brüder uns und Schwestern.

Da geht ein Mensch und trägt die Last der Welt allein
in seinen Händen, schwielig und verkrustet.
Er gleicht dem Weisen mit dem Kopf aus Stein,
der auf des Bürgers feilen Bückling hustet.

Wie ähnlich sind wir uns zumal im Totenhemd
der Nacktheit, das uns allesamt vereinigt:
Wie urverwandt und doch einander fern und
wesensfremd,
von Zweifel und von letzter Furcht gepeinigt.

Während einer Fahrt mit der Aspangbahn zwischen Oberwart
und Friedberg, 5. März 1951

Im Frühling zu singen

Ich liebe deine weißen Haare
und zähle sie von Zeit zu Zeit.
Frühling weckt an Winters Bahre
Rosenköpfchens Lieblichkeit.

Liebe, daß ich sie bewahre
wie der Jugend Zauberkleid.
Komm, o komm, du Wunderbare,
tau hinweg des Winters Leid!

Meine liebsten Frühlingskünder,
das sind deine weißen Haare.
Blüten ähnlich, die nicht minder
duftend sich zur Sonne ranken.
Und im Spiegel der Gedanken
strahlt dein Auge mir, das klare.

Mauer, April 1951

An der Schlachthausbrücke

Bei jedem Tritt
dröhnt Eisen mit.

Das Wasser, voll von Schmutz und Schaum,
fließt träg dahin und atmet kaum.

Darüber schwer
ein Wolkenmeer.

In Häusern, düster und verrußt,
wächst Künftiges, doch unbewußt.

Vom Rauch im Wind
die Fenster blind.

Den Menschen, die einst noch geglaubt,
hat man die Seelen ausgeraubt.

Am Himmel thront
der welke Mond.

Ein Abend, öd und ohne Sinn.
Wüßt' ich nur, wer ich selber bin!

An der Schlachthausbrücke, 19. April 1951

Mahnung

Sei klar und schlicht,
was für dich spricht,
denn dein Gedicht
ist dein Gericht
wie dein Gesicht.

Wo dein Bericht
das Dunkel bricht,
da stärkt Verzicht,
doch Eitles nicht
und grelles Licht.

Sei klar und schlicht,
was für dich spricht,
denn dein Gedicht
ist dein Gericht
wie dein Gesicht.

Alsergrund, 20. April 1951

Zinshaus

Es ist der beizende Geruch, der mundhoch schwebt
und Totenköpfe aus den Brustverliesen hebt,
der schon beim Tor mir derb entgegenschlägt
und der mich würgt, indes der Lift mich ächzend
aufwärtsträgt.

O Bakanal, verstrickt im Alltagseinerlei:
Geruch von Windelkoch und Zwiebelrösterei,
von Klopfbalkon und Lichthofsonnenschein:
hier läßt es sich nicht gut zu Hause sein.

Du wirst ein Teil von all dem Ungemach,
das zittert noch in fernen Träumen nach,
entkommst du nicht dem öden Ziegelschacht
und schöpfst Erquickung aus dem Sternenatem
einer Liebesnacht.

Alsergrund, 19. Oktober 1951

Beim Lesen eines alten Briefes

Vergilbt Papier, das ich einmal beschrieben,
und das ein bloßer Zufall nur erhalten.
Wie wenig ist von vielem mir geblieben!
Ich schweige – und ich zähl' mich zu den Alten.

Irgendwo, 12. Dezember 1951

Wunsch

Ich möchte die Wolke am Himmel sein
und der schillernde Regenbogen,
das süße Arom im heiteren Wein
und das Orgeln der Meereswogen.

Ich möchte der Blitz in der Wolke sein
und das erzene Tönen vom Turme,
des Vollmonds silberner Fackelschein
und der Wald, gepeitscht vom Sturme.

Ich möchte das Rot in der Wolke sein,
des Abendlichts kupfernes Leuchten,
und der schimmernde Glanz im Auge dein,
wenn Tränen der Liebe es feuchten.

Und eins will ich sein mit der ganzen Welt,
mit der Menschheit kühnem Streben,
den Helden des Friedens beigesellt
im Kampf um ein schöneres Leben.

Mauer, im Sommer 1952
Nach einem Gang durch die Weingärten für Ruth

Bekenntnis

Wenn du schweigend gehst
in stolzem Einsamsein
und wie ein Windhauch wehst
mit Atem und Gedanken
über die Herbstzeitfluren,
tönt aus den feuchten Spuren
der holpernden Gefährte
das Lied von Harm und Härte.

Schwer drücken auf den Rücken
der alten Frau die Scheite:
Uralten Fluches Lasten.
Krumm ist die Frau vom Bücken
und auch geneigt zur Seite.

O Nöte, ihr verhaßten!
Die Wolken in der Weite
himmlischer Heiterkeit,
sie spüren nichts vom Leid
der holpernden Gefährte.

Das Lied von Harm und Härte
ist krummen Weibes Weise.
Die Birke lispelt leise
im Wind, dem regenblanken.
Und hoch zieht seine Kreise
der Bussard überm Feld.
Wie lieb' ich dich, du Welt,
mit aller Herbheit dein!

Pfalzau, auf der Pfalzbergstraße, 11. September 1952
Mit und für Ruth

Begegnung

Spät abends traf ich dich noch an der Brücke,
wo kalter Nebel uns die Sternensicht verstellt,
und düster droht des Stromes schwarzes Wasserband.
Du kamst von einer Sitzung, wie ich eben
von der Versammlung, draußen auf dem Land.

Seit Jahren schon vergeht uns so das Leben,
und mancher fühlt sich um ein Glück geprellt.
Die fremden Häuser stehen stumm daneben,
indes ein Händedruck des Tagwerks Stücke
zu höherer Einheit wundersam zusammenfügt.

Daß ich dich traf, Freund, macht mich so vergnügt.

An der Friedensbrücke, 21. Jänner 1953
Für Kurt Stimmer

Semmering

Es dröhnt im Berg, als sausten Hammerschläge
tief unten auf der Erde Grund voll Wucht.
Und weißer Dampf steigt auf aus Furt und Schlucht,
umwölkt reihum die kühnen Felsenstege.

Und mächtig schwillt es an, das laute Pochen.
Aus dunkler Wölbung kriecht ein Eisenwurm
und windet sich von Felsenturm zu Felsenturm.
Geschmeidig kommt er so den Berg heraufgekrochen.

Und Funken stieben aus den beiden Enden
des Wurms mit Poltern, Schnaufen und Gepfauch.
Der Wald verbirgt sich hinter einer Wand von Rauch.
Es bebt der Berg, besiegt von Menschenhänden.

Wolfsbergkogel, 31. Jänner 1953

Soldatengrab im Wienerwald

Die Erde hier hat Blut getrunken.
Im letzten Kampf fiel hier noch ein Soldat.
Der schmale Grabeshügel ist schon eingesunken,
und rundherum ergrünt die Wintersaat.

Die zarten Halme werden fruchtbar sein.
Die Not des Krieges ist schon halb vergessen.
Das Birkenkreuz nur mahnt ins Land hinein,
daß wir mit unserm Brot den Frieden essen.

Pfalzau, beim „Engelkreuz“, 11. Februar 1953

März

Vom Westen orgelt mit Gedröhn
der ungestüme Märzenföhn.
Durch Wälder fegt er hin und knattert,
von Wolkenfahnen schwarz umflattert.
Der Winter wird zu Tal geschwemmt.

Da steh' ich, breit und erdverstemmt,
in tollen Stürmen Wetterschauern
und spür' das Ahnenblut der Bauern,
das noch in meinen Adern rollt,
der ich ein Bauer werden wollt'.

Mauer, März 1953

Nächtlicher Weg

Des Nachts hab' ich mich auf den Weg gemacht,
um meine Toten auszugraben.
Mein Gestern will ich wiederhaben.
Der Regen heult und peitscht die Nacht.

In tiefem Dunkel liegt das Tal vor mir.
Ich taumle über einer Wurzel krumme Schwelle
und eile weiter, schnelle, schnelle.
Der Wald umlauert mich – ein böses Tier.

Dort aus der Ferne lockt ein einsam Licht.
Doch bald wird auch sein matter Schein entschwinden.
Die lieben Toten werd' ich nie mehr wiederfinden,
und die am Leben sind, die lieben nicht.

Mönichkirchen, 31. März 1953

In einem Mädchenzimmer

Laßt uns, noch Lebende, die Toten fromm bestatten,
im Abenddämmer, eh' des Tages Hoffnungen
verblichen sind.
Mit denen wir so viel gemeinsam hatten,
wie Asche wurden sie verweht vom Wind.

Gar tröstlich ist es, wenn ein trauter Rest –
nicht mehr – beständig blieb im Winkel eines Raumes,
in dem es sich so friedlich weilen läßt,
umlächelt von den Zauberbildern eines Jugendtraumes.

Da steht ein Bild, ein Buch, von innerem Licht erhellt
und einer Hand gepflegt, die innig spürbar ist.
Ein ganzes Leben scheint da plötzlich an den rechten
Platz gestellt,
alles Verstreute eingefaßt in eines Augenblickes
knapper Frist.

Spannt sich ein Regenbogen über alles hin,
wenn scheue Blicke sacht entlang der Wände tasten,
um nicht zu rühren an den unbekannten Sinn
der Wandlungen, den uns verbirgt des Tages irres Hasten.

Mauer, im April 1953
Nach einem Besuch bei Erika nach dem Tod ihrer Mutter

April

Nach der Sonne goldner Stirne
greifen graue Wolkenhände.
Ist der Sommer schon zu Ende?
Kaum erblüht sind Kirsch und Birne?

Will nicht länger auf ihn warten.
Herbstmüd träufelt dünner Regen,
und die Tulpen an den Wegen
weinen mit dem ganzen Garten.

Mauer, April 1953

Altweibersommer

Erster Tag: 15. August

Die weißen Haare von deinem Köpfchen,
sie hängen im Buschwerk über den Hügeln.
Ich wollte sie flechten zu einem Zöpfchen.
Sie flogen davon auf Sonnenflügeln.

Zweiter Tag: 1. September

Der Sommer geht zur Neige.
Gelb schimmert's im Gezweige
der silbergrünen Weide.
Wir sind nicht mehr wir beide.

Dritter Tag: 15. September

Durch den Garten streicht ein kühler Wind.
Der Sternenhimmel ist von Wolken blind.
Aus meinem Mund fällt ein verwelktes Wort.
Und mit den Schwalben flog die Liebe fort.

Mauer, 6. und 7. August 1953

Einfall und Einfälle

Ein Einfall ist, wie schon der Name sagt,
ein Einfall in das Innen, der von außen kommt.
Einst, weil's am Einfall mir gebrach,
hab' ich mein Innen gründlich ausgefragt
nach dem Geheimnis, das da Einfall heißt.
Mein Innen aber war total vereist.
Da wandt' ich mich dem Außen zu,
stieg aus dem Ich ins weitgespannte Du. –
Und nicht ein Einfall, gleich ein Dutzend kamen prompt!

Mauer, 6. August 1953

Kleines Herbstlied

Vergilbte Sonnenstrahlen rieseln durch den Blätterwald.
Der Sommer scheidet, und der Herbst kommt bald.
Dann rüttelt an den Buchenstämmen wilden Sturmes
Urgewalt,
und feuchtes Dunkel sammelt sich im Tal
zu winterlichem Aufenthalt.

Noch lächelt rund vom Ast der Apfel mit geschwelltem
Bauch,
und an den Rebenstöcken reift die süße Traube auch.
Gebräunte Mädchenbeine drängen sich zum Tanz nach
altem Brauch,
und heimlich paart ein Streifen Nebel sich mit einem
Streifen Rauch.

Mauer, im Herbst 1953

Im Herbst

Es wollte nicht recht Sommer werden heuer:
Wolkenschatten wichen nicht von dem Gemäuer
der alten Häuser, die so traurig steh'n,
wie abgestorben, in den einsamen Alleen
der Vorstadt. Manchmal nur verirrte sich ein Sonnenstrahl
durchs Blätterdach der Bäume, abgekühlt und schmal.

Dann kam der Herbst mit rotem Weinlaub um die Lenden
und schenkte Früchte reich aus derben Männerhänden,
die allen Saft der Erde in ihr Mark gepreßt.
Ein zweiter Frühling lockt zu frohem Farbenfest,
und alles ahnt Vollendung, atmet Reifen. –
Nur mir fehlt noch der innern Werdung Selbstbegreifen.

Mauer, im Herbst 1953

Dichter im November

Langsam regnet sich das späte Jahr jetzt ein.
Kühle Feuchte träufelt aus den dichten Nebelschwaden.
Der Himmel ist mit Finsternis geladen,
und hinter Wolkenbergen welkt der
Sommersonnenschein.

Allmählich mündet alles in dies herbe Müdesein,
hängt überm Abgrund wie an einem dünnen
weißen Faden.
Hoch über mir unsichtbare Sternmyriaden,
so geh' auch ich ins große Sterben ein.

Mauer, Herbst 1953

Schlaflied

Du liegst im Bett oft lange wach,
das Hirn voll schmerzlichem Gegrübel,
und denkst über das Leben nach,
die Menschheitstage, voll von Übel.

Warum ist in der Menschenwelt
so vieles schrecklich schlecht bestellt?

Du liegst im Bett oft lange wach
und wälzt dich unter dicken Decken. –
Wie viele haben gar kein Dach
und auch kein Bett, sich hinzustrecken.

Du möchtest lindern ihre Not
und hast doch nur Gedankenbrot!

Hätt' einer erst dein Bett, dein Dach,
von denen, die im Dunkel frieren,
gewiß läg' er nicht lange wach
im Bett, nur um zu spintisieren.

Mauer, Dezember 1953

Frühwintertag

Das Jahr steht still. Was es vollbracht,
ist eingeheimst in Scheunen und in Kellern:
gehäuftes Korn und junggegorener Wein.

Noch ist die Erde nackt und braun,
wölbt ihren Schoß, drin neues Leben
jungfräulich erwacht,
der Wärme frühen Nachmittags entgegen.

Du spürst das sorglich eingeschlossene Regen,
streift ein verliebter Blick der Weide
zart durchgrünten Ast.

Befreit von des Novemberlaubes später Last,
steht auch die Birke wieder frisch in Saft.
Und überm Acker streicht ein Ahnen goldner
Reife Kraft.

Wie ist der Tag so hell, wie täuscht die Zeit!
Man möchte meinen, morgen müßte es schon
Frühling sein:
das viele Licht, der laue Wind, die würzige Feuchte …

Und nur der Sonne tiefer Stand zeigt an,
daß es noch lange nicht so weit sein kann.

Mauer, Dezember 1954

„Doch wie weit Glücklichsein“

Sommerdank

Was ist von Sommers Allglanz uns geblieben?
Das Blaue, in den Himmel hoch hinaufgeschrieben,
das Meer dort oben, voll Erinnerung,
im Abgrund zwischen Morgenrot und Abenddämmerung.

Dort schreitest du noch durch das Gold der Julifelder,
durch Mondsteinwiesen und Smaragd der Wälder,
benetzest deinen Fuß mit Amethyst und Äthertau.
Gegrüßest seist du, herrlich hohes Himmelsblau!

Auf einer Fahrt von Vorau nach Pernegg,
17. Oktober 1969

Föhn

Ein feuriger Reiter reitet durchs Land
mit einer rotglühenden Peitsche zur Hand,
entzündet des Götterzorns heiligen Brand,
und hinter ihm wirbeln die Blätter wie Sand.

Das Stampfen der Hufe lastet schwer
auf Bergen und Tälern und dröhnt noch im Meer.
Ein glasiger Himmel nur setzt sich zur Wehr.
Da striemen schon Wolken ihn kreuz und quer.

Und was bis zur Stunde heimlich entglitt
dem Zugriff des Reiters, jetzt reißt er es mit.
Es rüsten die Herzen zum rasenden Ritt,
und alle Ruhelosigkeit hält mit ihm Schritt.

Voll wilder Gewalt stürmt hoch er empor,
umbrandet von Waldesflut brausendem Chor.
Und auf tut sich oben ein finsteres Tor.
Heerscharen von Unwettern brechen hervor.

Der Reiter vertauscht sein Roß, nimmt den Bug
der Erdkugel zwischen die Schenkel im Flug
und reitet zu Schanden der Ängste Trug. –
Nimmer ist solchen Reitens genug!

Mauer, 23. Oktober 1971

Herbstbaum

Alles Gold der Welt
ein Ahornbaum
in Ästen hält,
umfächelt vom warmen
Spätherbstsommertraum.
Den Neid der Armen
erweckt es kaum.

Perchtoldsdorf, in den Weingärten,
24. Oktober 1971

Im Haus des Dichters

Der dunkle Hut des alten Herrn
hängt immer noch an weißer Wand.
Wie griffe ich danach so gern
und reichte ihn in schmale Hand.

Und auch der Mantel hängt noch hier
in alter Lampe mattem Schein.
Seh' ich ihn an, so scheint es mir,
sein Träger müßte noch im Zimmer sein.

Der bittere Tod, er ist vor langen,
undenkbar fernen Zeiten nur
als Schatten durch das Haus gegangen
und hinterließ im kühlen Flur
von seinen Schritten eine Spur,
doch keinen Hauch von Furcht und Bangen.

Mauer, 6. Jänner 1972
In Erinnerung an Max Mell

Vorläuferpredigt

Johannes spricht, der Täufer:
Ihr alle seid Vorläufer.

Es lauschen euch verwundert
Jahrhundert um Jahrhundert,
wenn ihr den Fortschritt predigt
und seiner euch entledigt
durch alle eure Taten,
mit denen ihr verraten
das Wort, das sich entrungen
eurer Propheten Zungen.

Auch taufet ihr mit Wasser.
Doch steht der große Hasser
zur Seite euch im stillen,
zu zwingen seinen Willen
mit des Urbösen Stärke
selbst noch in gute Werke,
auf daß nur Mord und Brennen
aus ihnen zu erkennen.

Und die zur Einkehr rufen
an ihrer Tempel Stufen,
die da zusammenkamen
in Sankt Johannis Namen
und in geheimen Zeichen:
Was können sie erreichen,
wenn nur die Reden klingen
und nicht zu Herzen dringen?

Desgleichen auch die Christen,
die ihren Herrn vermißten
in ungezählten Tagen,
seit er ans Kreuz geschlagen.
Sie leben wie die Heiden,
mitschuldig an den Leiden,
die Menschen sich bereiten
durch Länder quer und Zeiten.

Doch hoffen noch die Frommen,
daß jener möge kommen,
auf den sie sich besinnen
von Glaubens Anbeginnen.
Nur er kann von dem Bösen
uns allesamt erlösen
und bannen bitteres Ende
in dieser Zeitenwende.

Macht ihm die Wege eben
und laßt das Leben leben!

Mauer, 6. Jänner 1972

WOHLSTANDSNACHT

Seltsame Laute, nie gehört,
haben mir jäh den Schlaf gestört.
Ist es nur des Käuzchens Schrei'n,
oder sind's die Kinderlein,
die Millionen auf der Welt,
die der böse Hunger quält
und, von Tränenflut durchnäßt,
keine Stunde schlafen läßt?
Die an Weltraums kalten Stufen
nach ein wenig Nahrung rufen,
während uns – wem sei's geklagt? –
nachts im Bett Verdauung plagt:
uns, die an Tischen voller Gaben
schamlos sich überfressen haben.

Mauer, 21. Jänner 1972

Der Salzburger Stier

Des Salzburger Stiers gewaltiger Schrei
tönt hoch von der Burg über Wall und Bastei
seit Anno Eintausendfünfhundertundzwei.

Erzbischof Leonhard, der von Keutschach,
stellte das Werk unter hölzernes Dach,
unweit von Kirche und Fürstengemach.

Er, der als Wappenzier wählte die Rübe,
wünschte, daß jeder sich zeitig erhübe
und bis zur Nachtzeit im Tagwerk sich übe.

Auf seinen Befehl also scheuchte der Stier
die Bürger der Stadt schon des morgens um vier
mit dröhnendem Schrei aus dem Schlafquartier.

Und erst nach der Dämmerung Niederbreiten
tat frommer Choral mit dem Aveläuten
sie wieder zur Ruhe heimgeleiten.

Uns bringt die Orgel mit tönendem Munde
dreimal am Tage zu freundlicher Stunde
von einem großen Fürsten Kunde.

Wolf Dietrich von Raitenau ward er genannt.
Er herrschte mit Weisheit und Willkür im Land
und wurde darum auf die Festung verbannt.

Dort saß er, vermauert in düsterem Zimmer,
bei einsamer Ampel spärlichem Schimmer
und lauschte mit Freude dem Orgelton immer.

Bis eines Tages das Hornwerk stand still,
nach seines Nachfolgers Weisung und Will',
und bleiernes Schweigen die Festung befiel.

Erst nachdem ihn der Tod befreit,
ertönt der Schrei des Stiers erneut
und kündet der Stadt und dem Lande bis heut'
Wolf Dietrichs, des Fürsten, Freude und Leid.

Mauer, 7. Februar 1972
Prolog zu einem Fernsehfilm „Der Fürst von Salzburg"

Die Stadt

Sie hat hineingefressen
in ihren geilen Bauch
die vielen fernen Lieben,
die nahen Toten auch,
und was mir noch geblieben
in allem Selbstvergessen.

Wie sie sich eitel plustert
und grell im Licht dasteht,
von fröstelnden Gedanken
gaßauf, gaßab durchweht,
und alles Seelenschwanken
in meinen Schritten mustert.

Zwischen Mauer und Ottakring, 7. März 1972

Gütenbachtal

War einmal
voller Klang
dieses Land.
Hofmannsthal
ging entlang
Waldesrand.
Schenkt Gehör
dem, was tönt
und betört.
Sein Friseur
mich verschönt:
Unerhört.

Zeit blieb steh'n,
eilt nicht mehr
aufgeregt.
Sanftes Weh'n
streicht einher
und belebt
manchen Reim.
Kinderzeit
wieder mein:
Bin daheim.
Doch wie weit
Glücklichsein.

Mauer, 25. März 1972

Rohrau

Väterreich, das große alte,
ist nicht hier noch seine Bleibe,
wo das Land wie eine Scheibe
zwischen Schneeberg und Karpaten
um ein niedrig Haus sich dreht?

Wind auf seiner Pußtareise
um den weißen Kirchturm weht.
Gänse durch die Tümpel waten,
und die Pappeln flüstern leise
immer noch das „Gott erhalte".

Ist's ein inbrünstig Gebet
oder nur Erinnerns Weise?

Rohrau, 31. März 1972
Während einer „Haydnwallfahrt" mit Ruth

APRIL

Er tut, so sagt man, was er will,
der launenhafte Herr April.
Doch wesenhafter mag es scheinen,
und vorbildhaft für unsereinen,
die wir von mutentleertem Blut:
Er will auch immer, was er tut.

Der, dessen Rückgrat man geknickt,
wird drum in den April geschickt:
In Sonnenschein und Wolkenstieben
lern' er, zu handeln nach Belieben,
nicht achtend Umweltneid und Gunst.
Das ist die wahre Lebenskunst!

Mauer, 27. April 1972

Schwämme im Garten

Sie sprießen üppig aus der Erde,
dem Gartenfreund nur zur Beschwerde.
Der muß ihr Wald- und Wiesenträumen
mit strengem Griff beiseite räumen.

Denn dieses Wuchern in den Beeten,
dies scharenweis' Zutagetreten,
es schimmert zwischen noblen Gräsern
gar giftverdächtig, schleimig-gläsern.

Doch wie auch immer sie gebaut,
ob edel oder minder ihr Arom:
zu Häupten ihnen wölbt sich Gottes Dom,
der ihnen blau bis auf den Grund der Seele schaut.

Mauer, 5. Mai 1972

Frühsommer

Der Margeriten eine
schon einen Sommer macht,
wenn sie in weißer Reine
aus bunter Wiese lacht.

In ihrem hellen Scheine
manch Wünschen mir erwacht,
mit dem ich nun alleine
muß bleiben Tag und Nacht.

Die Sonnentage steigen
noch aufwärts, hoch ins Licht.
Doch sind im Gräserspiele
der weißen Sterne viele,
naht schon das Abwärtsneigen,
der Gang in den Verzicht.

Mauer, 19. Mai 1972

Sprache

Viele fremde Stimmen in mir sind.
Ich lauschte ihnen schon als Kind.
Sie werden auch in späten Tagen
mich noch erfreuen und mich plagen.

Nicht nur, was wohl zusammenpaßt,
wird von dem innern Ohr erfaßt,
um in Befreiung und in Zwängen
sich in die Sprache dann hineinzudrängen.

Die ist ein wundersam Gefäß,
das oft nicht faßt, was ihm gemäß.
Die fremden Stimmen, die da zu mir sprechen,
es füglich formen und zugleich zerbrechen.

Mauer, Mai 1972

Gottes Eigenschaften

Von Gott, des Allmächtigen Eigenschaften
wollte nur eine ich gern verkraften,
sie, die Zerrissenheit mir erspart:
Gott, des Allmächtigen Allgegenwart.

Allgüte: Wer kann dieses Wunder erfassen?
Uns hat oft jegliche Güte verlassen.
Stern im Unendlichen, himmlisches Licht,
irdische Geister ermessen dich nicht.

Und Gottes Allgerechtigkeit:
Der Ruf nach ihr scheint Vermessenheit.
Kindlichen Glaubens kostbarer Schatz,
stehst zur Allgüte im Gegensatz.

Allwissenheit wünschte sich mancher hienieden:
Aber schenkt Wissenschaft inneren Frieden?
Ihn, einzig wirkliches Heilsunterpfand?
Wissen hat vielen die Seele verbrannt.

Und Allmacht: Könnte der Mensch sie besitzen,
übel nur würde die Gabe er nützen.
Er, der alles um sich zerstört,
wenn er vom Wahn der Macht betört.

Bleibt also nur die Allgegenwart:
Sie, die Zerrissenheit mir erspart.
Einzig nur sie wollte gern ich verkraften
von Gott, des Allmächtigen Eigenschaften.

Mauer, 18. Juni 1972
Nach langer Wanderung im Wienerwald

Bittgang

In euerem Weinberg wohnt die Lust der ganzen Welt
und aller Gutgesinnten Herzensfreude.
Wenn vom kleinen Kirchturm her die helle Glocke schellt,
und eure Lieder tönen schwergemut über die Heide,
zieht mit dem flammenden Pfingstrosenrot
weihrauchumwölkter alter Kirchenfahnen
in solches Friedensland ein fernes Ahnen
von der verfolgten Völker vieljahrtausendalter Not.

Pernegg, 22. Juni 1972
Nach einem „Kroatenbittgang" mit Ruth und Matija Krizmanić

Namensänderung

Namen sind wie Kleider:
die Phantasie ist Schneider,
sucht Stoff sich, Schnitt und Muster aus.
Namen sind auch wie das Haus
der Schnecke, die sich sicher glaubt
und jeden Schutzes doch beraubt
durch einen Tritt von ungefähr.
Und doch: Ein Name ist auch mehr,
kann Wille und Bekenntnis sein,
steht fest für seinen Träger ein:
nicht Last, nein – starker Flügelschlag,
Kraftquell für jeden Lebenstag.

Das Leben drängt mit Allgewalt
zum Wechsel und zur Vielgestalt.
Das Neue treibt das Alte fort.
Und so ergeht es auch dem Wort,
dem Klang, dem Bild. Veränderbar
auch immer schon ein Name war.
Den, der von mir einst ausgedacht,
der Freuden mir und Leid gebracht,
den Namen zieh' ich wieder aus
und kehre heim ins Vaterhaus.
Auch dort war Phantasie einst Schneider
für selbstgemachte Namenskleider.

Auf dem Hengstl, 28. Oktober 1972
Im Gedenken an meinen Großvater,
Generalmajor Aloys Dichtl Edler von Jörgenreuth

Gedenktafel am Haus des Dichters

Gestern bin ich noch bei ihm gesessen
und habe mit ihm zu Abend gegessen.

Heute weist an seinem Haus
die Marmortafel als Großen ihn aus.

Groß, weil die Zeit so gnädig ist
und uns mit kleiner Elle mißt.

Ich war Zeuge bei dem Messen
und habe darüber die Zeit vergessen.

Torkelnd steht ein Mann beim Tor
und starrt entgeistert zur Tafel empor.

Bohrt den Blick in jedes Wort,
steht lange so da – und läuft fort.

Mauer, 28. Oktober 1972, am Tag der Enthüllung
der Gedenktafel für Max Mell am Haus Auhofstraße 244

Gutenstein

Dämmerfäden spinnen ein
Waldeskranz um Gutenstein,
wo die Wehmut sich verfing.
Gehst den Weg, den Raimund ging.

Eine stumme Traurigkeit
gibt dir Schritt für Schritt Geleit,
führt dich an erkühlter Hand
in des Abschieds Tränenland.

Alles Bittere, ungesagt,
Föhrenwald sei es geklagt,
diesen Bäumen, die noch Blut
weinen in der Abendglut.

Bleiern fällt an solchem Ort
dir ein letztes schweres Wort
durch den zugefrorenen Mund
bis auf aller Schmerzen Grund.

Auf dem Mariahilfberg, 26. Dezember 1972
Während einer „Raimundwallfahrt" mit Ruth

Wortspielerei

Der Reimgarten
ist kein Heimgarten,
auch kein Ziergarten,
oft ein Irrgarten.

Und das Versehaus
ist kein Börsehaus,
es sei Kunsthaus
und nicht Brunsthaus.

Denn das Dichterland
ist ein Lichterland
und ein Morgenland,
wenn auch Sorgenland.

Mauer, 9. Jänner 1973

Jänner

Der Tag ist ein Betrug.
Frühlingsatemflug
überm Hügelzug.
Schwarzer Wolkenpflug
lauert hinterm Wald,
stößt herunter bald,
eisgeschärft und kalt,
voll der Nacht Gewalt.

Was vermag dies Licht,
das so viel verspricht?
Täuschendes Gesicht!
Zartes Knospen bricht
allzufrüh hervor.
Lächeln, das gefror.
Vor des Winters Tor
schreit der Krähen Chor.

Wartet rings die Welt
auf ein weißes Zelt,
das vom Himmel fällt
und zurück noch hält,
was sich unbedacht
auf den Weg gemacht,
mitten in der Nacht
mit zu schwerer Fracht.

Mauer, 12. Jänner 1973

Pappelallee in Westungarn

Großvater reitet durchs Pappelspalier
in ein unendlich fernes Quartier.
Ein jeder ein turmhoher Grenadier,
so ragt in den Himmel, Baumriesen, ihr
mit wild im Sturmgriff schwankenden Mützen
und Wurzelstiefeln, stapfend durch Pfützen,
Lanzetten geschultert voll drohender Spitzen,
gewillt, jeden Wolkenbauch aufzuschlitzen.

Wohin ich auch schaue, wohin ich auch geh',
ich finde nie wieder die Riesenallee.
So packt mich, weil ich sie nie mehr seh',
nach ewig verlorener Heimat ein Weh.
Unter der Wetterfahne Knattern,
im Blitzezucken und Donnerrattern
ahne ich Großvaters Dolman flattern. –
Ach, ließe sich bloß ein Schatten ergattern!

Mauer, 12. Jänner 1973
In Erinnerung an die Reise mit Ruth nach Monoszlo, Herbst 1972

KINDHEITSNACHT

Vor den Augen wirre Kreise,
Decken stürzen, Wände wackeln,
Widerschein lodernder Fackeln
an den Mustern der Tapeten
wie in schlimmen Fiebertagen,
Bilderbücher aufgeschlagen,
deren greuliche Gespenster
lauern hinter Tür und Fenster,
drohend an das Bett mir treten,
und im Ofen arges Tönen:
Toter Fegefeuerstöhnen.

Eine Hand, besorgt und leise,
greift zum Nachtlicht in dem Glase,
das mir dreht die lange Nase,
dämpft mit einem Dochtschnitt wacker
sein zu lebhaftes Geflacker,
daß dies liebe kleine Licht
länger nicht auf Spuk erpicht,
sondern friedlich in der Stille
seine Pflichten nur erfülle:
aus des Öles fetter Feuchte
milde Träume mir beleuchte.

Mauer, 7. und 13. Jänner 1973

Schwechat

Wer möchte noch in dieser Gegend wohnen?
Tag und Nacht qualmt es aus allen Schloten.

In der Fabrik verbrennt man schon die Toten
von morgen und von übermorgen.

Der Umweltschutzminister macht sich Sorgen:
Schließlich geht es um Millionen.

Auf einer Fahrt durch Schwechat, 8. Februar 1973

Gedenktafel für den Schutzbündler Spirek in Schwechat

An verfallener Ziegelwand,
wo die Autos fahren
durch ein schütteres Spalier
sterbenskranker Bäume,
eine Marmortafel, grau,
mit drei roten Fahnen,
eben nicht von Meisterhand
in den Stein gekerbt,
öffnet die entwöhnte Schau
nach den bösen Jahren,
deren Kümmernisse wir,
die den Wohlstand wir geerbt
wie die Lust der Träume,
kaum noch ferne ahnen.

Während einer Fahrt durch Schwechat, 18. Jänner 1973

Februar

Hell war es schon um Mitternacht,
denn Abendwind hat Schnee gebracht.
Die weißen Flocken vor dem Fenster
sind mir die liebsten Nachtgespenster.

Jetzt weckt der Tag zu lichtem Lauf
um eine Stunde früher auf,
und zeitig bringt ans Bett der Morgen
das Frühstück: ein Tablett voll Sorgen.

Wer solchen Morgen angesehn,
vermag nicht munter aufzustehn,
will noch des Schlafes sich bequemen
und nicht den Tag in Angriff nehmen.

Zwar rankt sich um die Lichtmeßzeit
ein Reigen der Vergnüglichkeit.
Wem aber fehlt die innere Ruh',
der geht nicht gern dem Lichte und der Freude zu.

Mauer, 2. Februar 1973

Wegkreuz bei der Mülldeponie

Herr am Kreuze, der du bist
erhaben über Müll und Mist,
deiner Brüder dich erbarme!

Breite die Erlöserarme
schirmend aus vor Rauch und Ruß
und wehre ihrem Überfluß!

Auf einer Fahrt durch Himberg, 5. Februar 1973

Friedhof von Rauchenwart

Ich möchte bei den Toten wohnen,
die nicht bestrafen, nicht belohnen,
die nichts mehr fordern, nichts mehr hindern,
die auch nicht mehren und nicht mindern,
die nicht verletzen und nicht schonen:
Ich möchte bei den Toten wohnen.

In ihrem Dunkel, ihrer Kühle,
im Gleichmaß regloser Gefühle,
getröstet nur von ihrem Wissen,
selbst nichts mehr wünschen, nichts mehr missen,
als solches Wohnungfinden eben:
Ich möchte wie die Toten leben.

Auf einer Fahrt durch Rauchenwart, 5. Februar 1973

März

Man sagt, es tut der Märzenschnee
den ungeborenen Früchten weh.
Mich aber schmerzt das Weiße nicht,
das mir verspätet schlägt naßkalt um das Gesicht.

Zeigt es mir doch, daß dann und wann
ein Gestern wiederkehren kann.
Was so ein Schnippchen schlägt der Zeit,
trägt leichter an dem Lose der Vergänglichkeit.

Schneeglöckchen, Primeln, haltet stand
dem Einbruch in das Frühlingsland!
Des milden Herbstes jetzt gedenkt,
der euch mitunter auch ein Wiederkehren schenkt.

Mauer, 4. März 1973

Beethoven in Baden

Es stürmte durchs Helenental
ein Mann, gedrungener Gestalt.
Und Sturm und Wetter, Blitzesstrahl
zu seinem Stürmen sich zusammenballt.

Ihm, dem der Genius zu Füßen
lag und auftat sein Visier,
war nicht danach, den Kaiser fromm zu grüßen,
zurückzutreten in das Hofspalier.

Doch heimgekehrt vom wilden Wandern,
gesellte er sich manchmal zu den andern.
In Weikersdorf kehrte er ein,
trat durch des Schlosses weites Tor,
die Neunte und der Missa Glorienschein
im Hirn noch hinter dem ertaubten Ohr.

Pernegg, 24. April 1973
Gedenktafel am Schloß Weikersdorf

Das deutsche Wort oder Die Entschuldigung

Ich schäme mich für dieses Idiom,
das nicht nur Goethe, das auch Eichmann sprach:
Ein deutsches Wort – und über Völker brach
herein der Leiden grenzenloser Strom.

Wie keines rief das deutsche Wort nach Blut:
über der Erde allerschlimmstem Ort,
im Rauch von Auschwitz, klang das deutsche Wort –
und tausend Goethes machen das nicht gut.

Das deutsche Wort: das war der Tod.
Was hat das deutsche Wort aus sich gemacht?
Es stürzte selbst sich in die tiefste Nacht:
und das – das ist die deutsche Not.

Nach der Bittprozession der Kroaten in Unterpullendorf
am 31. Mai 1973

Palais Auersperg

Hier schritt einst durchs Lakaienspalier
als Hausherr der Rosenkavalier,
so wie er es heute noch immer macht
in klingender Opernkulissenpracht.

Der Ritter von Gluck hat hier dirigiert,
und Mozart am Cembalo accompagniert.
Beim Feldmarschall Hildburghausen dann
trat Dittersdorf seine Musikdienste an.

Kaiser Franz Joseph hat eine Nacht
walzertanzend hier zugebracht,
als er jung und verliebt noch war,
sein Bart noch nicht weiß und gelichtet sein Haar.

Kronprinz Rudolf, der von Mayerling,
vermachte dem Haus ein niedlich Ding:
die Zither, auf der er als Kind gespielt,
als Lebensleid er noch nicht gefühlt.

Sie steht hinter Glas in der Bibliothek.
Doch führte auch selbst hierher sein Weg:
Im Roten Salon hat er sich amüsiert,
vielleicht auch ein Baronesserl verführt.

Später ein Schauer die Mauern erfaßt:
Sie sahen vor sich den Justizpalast,
wie er in glutroten Flammen stand.
Dann schickte der Krieg viele Brände ins Land.

Doch als am höchsten der Heimat Not,
wehte die Fahne rot-weiß-rot
vom Dach dieses Hauses, dem keines gleich:
Denn hier erstand wieder Österreich.

Mauer, 1973
Für Konsul Alfred Weiss

Güssing

Landschaft, ans Gemüt gewachsen
denen, die sich aufgespart
durch ein Ahnen feines Spüren
von den insgeheimen Achsen
der Geschichte, deren Art
immer war, an einem Ort
ihrer Wahl sich zu berühren,
um aus Kreuzung und Begegnung
Fluch zu fügen oder Segnung
für den ganzen Umkreis dort.

Segnung, wo ein Finger weist,
weithin sichtbar, hoch nach oben,
aus der Hügel Rund gehoben
als ein Zeichen, von Rondellen
und Bastionen fest umkreist,
die der Stürme viel gewehrt.
Will der Finger nicht auch weisen
abwärts, zu den tiefen Quellen,
um die, alt und erdbeschwert,
die geheimen Achsen kreisen?

Mauer, 27. April 1975

Kastanienbaum im Wiental

Der alte Baum am Straßenrand hat kurz geträumt
im Frühlingsrausch von Sommers grüner Herrlichkeit.
Da hat ihm schon der Herbst die Blätter abgeräumt:
ein Herbst, der lange, lange kam vor seiner Zeit.

An kahlen Ästen steckt er wieder seine Kerzen an,
der alte Baum, der noch nicht sterben will
und sich des Lebens Kraft in seinem Mark besann,
um einmal Auferstehung noch zu feiern – einsam, still.

Führt meine Fahrt mich an dem alten Baum vorbei,
kommt mir der Zeiten ganzer Jammer in den Sinn.
Und mich durchzuckt in meinem Mark ein Schrei,
weil ich der Mörder nicht nur dieses Baumes bin.

Auf einer Fahrt über die Wientalstraße, 15. Juli 1978

Requiem

Ins Wort verirrte Zahlen
künden von den Qualen
der Schuld und allen Schulden,
die aufgelaufen sind.

Was hilft spätes Gedulden?
Verrostet ist der Pflug,
das Segel ohne Wind,
und Hoffnung nur noch Trug.

Erinnern nicht die Ziffern
an Mozarts Todes-Chiffern?
Ein jeder Strich, ein Bote
des drohenden Gerichts.

Doch nirgends eine Note,
ein Takt vom Requiem.
Mein Leben war für nichts.
Daß ich zu Tod mich schäm'!

Mauer, 16. August 1982

Morgenbetrachtung

Munter drehn sich
zierliche Messerchen
zu guter Tat
im Rasierapparat.

Mild umsprühn mich
duftende Wässerchen.
Aus Ritzen fällt
eine halbe Welt.

Das also bin ich,
was stäubt in den Ausguß,
weiß wie Schnee.
Der Anblick tut weh.

Vergiß und verlier dich.
Erwarte den Abschuß.
Und schreibe dein Dasein
fortan klein.

Mauer, 8. Dezember 1982

Hausspruch

Dies also ist mein letztes Haus:
Hier zieh' ich ein und nicht mehr aus.
Denn was einst führt aus seiner Mitte,
es sind nicht mehr die eigenen Schritte.

So sei der Einzug wohlbedacht
als eine Art Kunstwerk vollbracht:
mit liebevollem Überlegen
und Bitten auch um höheren Segen.

Was ich bis an dies Tor getragen
und noch vermag in späten Tagen
mit regem Herzen zu erfassen:
all meine Freuden, all mein Trauern,
ich will es diesen alten Mauern
als Erbe dankbar hinterlassen.

Hetzendorf, in einem leeren Haus, 15. Juni 1983

Christbaumsonett

Der Abend leise niedersank.
Es naht die stille, heilige Nacht.
Was wird jetzt noch mit euch gemacht,
ihr unverkauften Weihnachtsbäume?

Von Glanz und Glitzer unbeschwert,
scheint euer Opfer sinnentleert.
Verlassen steht ihr am Straßenrand,
in eine unheilige Nacht verbannt.

Zu Ende sind die Lichterträume.
Denkt nicht zurück an euren Wald!
Dort wird es finster jetzt und kalt.
Vergeßt die Welt, doch sagt noch Dank
für das, was nicht geworden ist
in eures Lebens kurzer Frist.

Mauer, 25. Dezember 1983, 4 Uhr morgens
In Erinnerung an einen Ausspruch von Erzbischof Josef Schoiswohl

An Ferdinand Raimund

Ich bin zu dir auf deinen Berg gekommen,
geführt von deinem Dichterwort.
Du hast mir alle Furcht genommen
an diesem gnadenreichen Wallfahrtsort.

Der Stein, den ich vom Wegrand mitgenommen,
geleite mich in Glück und Not,
damit ich einst kann wiederkommen,
ganz frei geworden für den Tod.

Mariahilfberg, 23. Juni 1984
Für Ernst Wolfram Marboe

Später Anruf

Ich habe vieles irrgedacht
und meinem Wort nicht Mut gemacht.
Da rief mich eine Stimme an
aus liebenahen Jugendtagen.
Was hat die Stimme mir zu sagen,
die löst aus langem Lebensbann?

Zwar ist's schon spät,
doch ist noch Zeit
für letztliche Wahrhaftigkeit.
Die gründet in des Wortes Kraft,
kann manches noch zum Guten wenden
und trägt in gnadenvollen Händen
was sich aus Altem neu erschafft.

Hetzendorf, 1. April 1989
Für Erika

Döblinger Ode

Vielfältig ist dein Landschaftsbild,
Döbling, buntes Stadtgefild:
Wie nirgendwo sonst in der Stadt
sich innig hier verbunden hat,
was, im Verbau noch eingeengt,
unbändig schon ins Freie drängt
und, hügelan und waldumrauscht,
des Stromes Sagenlied belauscht,
was, hängehoch und weinbekrönt,
in Heiterkeit die Welt versöhnt.

Vom Kahlenberg ein jeder Blick
umfaßt Geschichte und Geschick,
erspürt an Wald- und Wiesenrand,
was einst ein großes Reich verband,
wie ausgesagt von Dichtermund.
Da gibt ein ganzes Volk sich kund,
wo Namen klingen wie Gesang.
Sag': Schreiberweg, Beethovengang!
Nichts, was nicht tief zu Herzen tönt
und manchen Erdentag verschönt.

Vergessen sei in solchem Glanz
nicht der bescheidene Schubert Franz.
Wie hat er, leiermannbetrübt,
die Grinzingreise doch geliebt.
Beim Standbild Unserer Lieben Frau
in Neustift schloß, nicht aschengrau
und eh' die Jugend ihm entschwand,
Raimund sein engstes Liebesband.
Und was uns allesamt beglückt,
in Walzerseligkeit entrückt,

von Salmannsdorf ging es einst aus:
Hier hat als Kind der Meister Strauß
den ersten Walzer komponiert
und dadurch diesen Ort geziert.

In Nußdorf war's zum ersten Mal –
für Wien ein tönendes Fanal –,
da spielten, sauber und adrett,
der Schrammel Hans und sein Quartett.
Und jedermann erklärt zu Recht:
Was da erklingt, ist gut, ist echt!
Es kamen auch der Großen viel
und lauschten aufmerksam dem Spiel.
Johannes Brahms war auch dabei
und Kronprinz Rudolfs Liebelei.

Ein Blick in des Erinnerns Kreis
zu guter Letzt: So mancher weiß,
was sich einmal in Heiligenstadt
Erschütterndes ereignet hat:
Beethoven schrieb sein Testament
allhier – ein Menschheitsdokument! –
Gar vieles blieb noch ungesagt,
blieb unbejubelt, unbeklagt.
All das ist Döbling, Wien zugleich,
und auch ein Herzstück Österreich.

Sanatorium Döbling, 15. April 1990
Für Kiwanisfreund Primarius Dr. Peter Hernuss

Im Krankenzimmer

„Wo Krankheit ist, ist auch Arznei!"
Zu glauben bin ich noch so frei
das fromme Paracelsuswort.
Doch wo der Glaube schwindet, dort
reicht Hoffnung ihre Trösterhand.
Und wo die Hoffnung ausgebrannt,
bleibt Liebe noch als Widerschein
des Glaubens. Sie vermag allein,
was auch der Glaube nicht vollbracht:
Ein Licht zu tragen in die Nacht.

Sanatorium Döbling, 16. April 1990
Nach einem Telefongespräch mit Hans Hermann Kardinal Groer

Gegen Ende des Jahrhunderts

Himmelsräume aufgebrochen –
doch durch Erdenstaub gekrochen.
Monde in das All geschossen –
doch der Urgrund bleibt verschlossen,
wenn Erkenntnis nicht erkennt
Kosmos als ein Sakrament.

Sein Geheimnis: Raum und Zeit
sind bereits die Ewigkeit.
Und der Mensch ist auserkoren
unter allem, was geboren,
schon in seinen Erdentagen
solchen Wissens Last zu tragen.

Sanatorium Döbling, 25. April 1990
Zum Start des Weltraumteleskops „Hubble“

„So hat ein Gott die Welt gebaut“

Introitus

Ich habe dem Tod ins Auge geschaut:
der Tod war ein einäugiges Wesen,
das saß vor mir in Vogelgestalt
auf dem Aste maigrünen Baumes.

Hoch über uns der Mittag blaut:
doch der Tod wollte nimmer genesen,
fiel schwerelos von des Astes Halt
in die Leere erschauernden Raumes.

Ich habe dem Tod ins Auge geschaut:
Ich sah ihn im Grase liegen,
die starre, einäugige Vogelgestalt,
belagert von gierigen Fliegen.
Hoch über uns der Mittag blaut:
So hat ein Gott die Welt gebaut.

Mauer, Mai 1961

Für die Drossel

Mein ungestümer kleiner Hund
biß Flügel dir und Auge wund,
verbellt das Aas voll Ungeduld:
ein Mörder, aber frei von Schuld.

Dein Tod, verschuldet von dem Hund,
drängt sich in Worten mir zum Mund,
erschließt mir der Gedanken Huld:
bin ich ein Mörder, frei von Schuld?

Dir wurde Nacht, doch mir ward Licht:
was fügt, was flicht sich zum Gedicht?
Ist's nur dies Sterbens bittrer Fund? –
Ein Leben, ausgelöscht zur Stund',
geht in ein andres, neues ein
und will nicht mehr verloschen sein.

Mauer, Mai 1961

Für Schmeissfliegen und Aaswürmer

So schnell ward noch kein Körper kalt,
als daß ihr nicht in Eile bald
kämt angeflogen und gekrochen
zu faulem Fleisch und fahlen Knochen.

Durch Wiesen zieht ihr, durch den Wald,
aus nie erforschtem Hinterhalt:
seid schon beizeiten aufgebrochen,
noch eh' der Wind den Tod gerochen.

Ihr kriecht in jedes Totenbett,
kehrt ein in jedes Sterbehaus,
verschmäht nicht einen Leichenschmaus.
Weil ihr auch mir die Ehr' müßt geben,
den Sarg zu füllen einst mit Leben,
sing' ich euch heute dies Sonett.

Mauer, Mai 1961

Für die Tauben

Noch eh' die Sonne will entsteigen
der Wolkenschlafstatt nach und nach,
hängt schon der Himmel voller Geigen,
ruft euer Liebeslaut mich wach.

Das ganze Haus nahmt ihr zu eigen:
Gesimse, Erker, Turm und Dach.
So schließt sich der Vermehrung Reigen
ums windumrauschte Brautgemach.

Auch nistet ihr auf den Altären
in Engelgold und Silbersphären:
Symbol des Geistes, das ihr seid.
Wo weht der Geist, den wir verehren?
In eures Tagwerks Wiederkehren:
von nun an bis in Ewigkeit.

Mauer, Sommer 1961

Für die Schildkröte

Gefährtin bist du alter Tage,
ein Bild aus Ahnenwelt und Sage.
Du trägst im runden Panzerkleid
des Lebens Urlebendigkeit.

Kein Freudenruf und keine Klage,
die tönend säumten deine Tage.
Stumm steigst du mitten durch die Zeit,
ein sterblich Stück Unsterblichkeit.

In deines Auges Urzeitblick
erscheint mir nie geschautes Glück:
ein Tag, verschont von jenem Sprung,
der tief hindurchgeht durch die Stunden,
um alle Freude zu verwunden –
ein Tag ohne Veränderung.

Mauer, Sommer 1961

Für die Schlange

Ihr tauber Leib, er ist ganz Ohr,
schmiegt dicht sich an bemoosten Stein,
lauscht schlafend noch in ihn hinein
und horcht und horcht und sieht sich vor.

Da regt es sich im nahen Moor:
auf schwankem Schilf ein Vogeltritt;
dort steigt mit schwer beschuhtem Schritt
ein Wanderer den Schlag empor.

Die Lauscherin hat's wahrgenommen:
ihr Leib schnellt hoch aus Schlummers Schlucht,
bereit zu Anschlag oder Flucht.
Wenn wir auch horchten durch Gestein
tief in der Erde Schoß hinein:
uns wäre aller Schlaf genommen.

Mauer, 1961
Zu unterirdischen Atombombenversuchen

Für die Kreuzspinne

Ein Wunder ist geworden über Nacht
in dieser wunderfremden Zeit:
ein Wunder voll geheimer Macht
in lichtgesponnen feinem Glitzerkleid.

Wer hat so Hocherstaunliches vollbracht,
das Werk geschaffen in Verschwiegenheit,
das jeder Windhauch wieder sacht
dem Blick entziehen kann und aller Sichtbarkeit?

Dort thront die Meisterin im Strahlenkranz,
der über Mauerklüften schwebt
an zufälligem Ort:
Bekreuzte Mitte, nachtschwarze Monstranz,
die immer neue Silberwunder webt
und sonnumgoldet sinnt auf Mord.

Mauer, Sommer 1963

Für die Glühwürmchen

Ihr steigt aus sommersatten Wiesen
in Juniabenddämmerung,
des Jahres Hochzeitsleuchten warm
zu tragen durch die schmalsten Nächte.

Kühlinnerlichen Brandes Mächte
beflügeln der Gestirne Schwarm,
der geistert durch Erinnerung
und Räume, die uns längst verstießen.

Tänzer um die Sonnenwende:
löscht das magische Gefunkel!
Unentrinnbar ist das Dunkel
wie der langen Tage Ende,
nie so herbstlich nah geglaubt.
Rosen neigen schon ihr Haupt.

Salzburg, Fondachhof, Juni 1966

Für die Schwalben

Fliegt ihr ein und aus
durch die Fenster weit,
die euch offenstehn
und ins Helle sehn

hoher Sommerszeit,
tönen eure Lieder
alle Jahre wieder
durch dasselbe Haus.

Doch welch bang Erwarten
eurer Wiederkehr.
Und wenn reif geworden
alle Frucht im Garten,
fällt der Abschied schwer:
droht das große Morden.

Rodauner Bad, 14. Juni 1971

Für die Maus

Ein gelbes Etwas vor der Tür
berichtet schweigend mir von dir,
das kleine Fleckchen Blut dazu
von deiner Seele ewiger Ruh.

Wer holte dich zum Tod herfür
und trug die Reste dann zu mir,
nachdem er dich verspeist im Nu,
dich winzig kleines Stückchen Du?

Der Katze liefst du in die Falle
im Gräserurwald hinterm Haus.
Sie schlich bedachtsam um den Schmaus,
griff sich ihn auf mit flinker Kralle,
verzehrte ihn bis auf die Galle:
den letzten Rest von einer Maus.

Mauer, Sommer 1971

Für die Spitze

Fünf kleine Spitze stehn am Zaun,
gar lieb und lustig anzuschaun,
dahinter bellt das Muttertier.
Bald waren's nur der Spitze vier,

dann drei, dann zwei, dann schließlich einer,
zu guter Letzt der Kleinen keiner,
denn Menschen kamen angelaufen,
die Spitze Stück für Stück zu kaufen.

Der alte Spitz steht jetzt am Zaun,
gar nicht mehr lustig anzuschaun:
Ein Hauch von Trauer sichtbar spricht
aus seinem spitzen Angesicht.
Muß dem Alleinsein sich ergeben:
Ein Abschied ist das ganze Leben.

Mauer, August 1971

Für die Nacktschnecken

Welch stummes schwarzes Schleichen
plötzlich auf allen Wegen?
Viel tausend Fragezeichen,
die wandern dir entgegen.

Ob sie ihr Ziel erreichen,
die sich kaum sichtbar regen?
Im Nackten und im Weichen
die Antwort ist gelegen.

Die keine Häuser bauen,
die schutzlos sind und schwach,
sie haben doch Vertrauen,
der Himmel ist ihr Dach.
Zieh ihnen nach hinaus:
dein ist ein großes Haus.

Gütenbachtal, 19. Mai 1972

Für den Feldhasen

Der Mensch hat kunstvoll dich gemalt,
mit Meisterhänden, wunderbar.
Dafür hast du mit Haut und Haar
dem großen Meister auch bezahlt.

Verklärte Welt ward uns gemalt:
ein Garten, gut, ohne Gefahr,
wo reißendes Getier sogar
von Engelsgüte überstrahlt.

Verwünscht sei aller Malerei
und andrer Künste Heuchelei,
solang von Mitleid keine Spur
für die gehetzte Kreatur,
der Wald durchblitzt von Jägers Blei
und unvollendet die Natur.

Mauer, 18. August 1972
In Gedanken an Ernst Bloch

Für den Bussard

Schön bist du, Vogel Tod,
wenn du die Schwingen rührst,
im Kupferabendrot
kühn deine Kreise kürst:

der du noch Erdennot
hoch in den Wolken spürst
und, stürzend wie ein Lot,
den Stoß zur Tiefe führst:

Die sei dir aufgetan,
daß nichts dich hindern mag!
Doch fällt der Fänge Schlag
nur Fleisch, das deinem gleich,
das auch an Nöten reich
nach seines Schöpfers Plan.

Auf der Wechselstrecke, 19. August 1972

Für die Tiere auf dem Weihnachtstisch

Stille Nacht, heilige Nacht,
mit Fleisch, da wird Geschäft gemacht:
Die Jäger haben schon im Wald
auf Vorrat Wildbret abgeknallt.

Und erst in der Geflügelfarm,
da würgt der Tod, daß Gott erbarm.
Ein jeder Schlachtschußapparat
werkt im Akkord von früh bis spat.

Ein Heer von Karpfen wird erschlagen,
der Fischhändler, er trieft von Blut.
Mir wird vom Hinschaun nicht mehr gut
in diesen schönen Feiertagen.
Stille Nacht, heilige Nacht,
unentwegt wird umgebracht.

Mauer, 22. Dezember 1972
Nach einem Fischeinkauf in der Inneren Stadt

Für Ochs und Esel

Ochs und Esel waren dabei,
als Gott getan den ersten Schrei
als Neugeborener auf Erden. –
Warum nur mußte Mensch er werden?

Im Himmel war er nicht so frei,
zu spüren, wie das Leben sei,
das er geschaffen voll Beschwerden. –
Darum wohl mußte Mensch er werden.

Ochs und Esel, diese beiden,
haben seither viel zu leiden,
wegen ihrer Zeugenschaft:
Gott ließ es nicht gern geschehn,
daß zwei Tiere ihn gesehn,
so hilflos und so mangelhaft.

Mauer, 24. Dezember 1972
Beim Christbaumaufputzen

Für die Lämmer des Doktor Niehans

Was sind schon die paar Tausender? – Ein Bettel!
So denkt sich manche reiche alte Vettel
und leistet sich die vielgepriesene Kur:
Sie möchte wieder sein, wie einst als junge Hur.

Und so mancher wohlbestallte geile Gauch
zeigt sich besorgt um das, was baumelt unter
seinem Bauch.
In den Hintern spritzt man ihm die frischen Zellen,
auf daß entbehrte Säfte wieder aus ihm quellen.

Doch vorerst müssen ungeborene Lämmer sterben,
bestimmt dazu, ein Schöpfungswunder zu vererben
an Leute, die dafür in bar bezahlen,
die los sich kaufen von nicht wenig Qualen,
wie sie unsereiner hart bedrängen eben,
die wir nicht von fremden Zellen leben.

Kurhotel Vollererhof, 2. März 1974

Für die vergifteten Meerestiere

Millionen toter Fische wirbeln durch die
Waschmaschine.
Gott Vaters Ozeane sterben hin im Endzeitabendrot.
Mit süßlich aufgesetzter Leichenbittermiene
lobpreist die Fernsehsprecherin den dividende-
reichen Tod.

Um ihren Drang, den Lemmingen verwandt, zu stillen,
gibt sich die Menschheit fortschrittsgläubig
selbst den Rest
mit Pulvern, Säften, Dämpfen, Sprays und Pillen,
bis sie verendet wie der Fisch im Meer der Tankerpest.

Was Babel einst gewesen, die verwünschte Stadt,
die Erde ist es heute, dies Gefäß voll Gift.
Wenn es zerbricht, wer könnte es zusammenleimen?
Was jeden dann und jedes unbarmherzig trifft,
vielleicht schon tief im Mark getroffen hat:
es läßt sich nicht mehr hindern mit Gebet und Reimen.

Beim Demel (Club 45), 27. März 1975

Postcommunio

(Zu sprechen während des Autofahrens)

Müßt millionenweis ihr töten
Schlangen, Frösche, Echsen, Kröten,
wild und fühllos überrasen
Katzen, Mäuse, Marder, Hasen?

Achtet ihr in Waldesnähe
nie der Füchse und der Rehe,
in der Stadt der sanften Tauben,
die an eure Nachsicht glauben?

Schmerzt es nicht in euern Hirnen,
wenn an Glas und Eisenstirnen
Vögel sich vor euern Blicken
selbst zerfleischen und zerstücken?

Dort in seinem Blut der Igel:
schreckt euch nicht dies Todessiegel,
aufgebrannt der Autobahn?
Menschen, in des Rasens Wahn:
seht, wie da zum Himmel schreit
euer mindern Brüder Leid!

Mauer, 1963

„Alles das: ohne Maß Liebesweis'"

Aufgesang

Anstatt einer Inhaltsangabe

Was da frommt:
Liebe kommt,
Liebe geht:
Treu' besteht
und hält fest
noch den Rest.

Nobelbad,
Schutzbundhaus,
Kinderpfad.
Tempelbaus
Wohl und Weh.
Ernst zu schaun:
Jedlesee,
das Palais
und Rodaun.
Macht und Glast.
Totenrast:
namenlos.
Ordensschmuck:
eitel bloß.
Nepomuk
spricht uns an.
Wienerwald
Aufenthalt.
Staat im Staat:
schlecht getan.
Moritat.
Altdornbach:
noch ein Fest.
Unterm Dach
Lügennest.

Donaublau.
Dichtergang
durch die Au,
fern der Zeit.
Straße weit,
Sonnenglühn,
Kuppelgrün.
Domes Brand:
Vaterland
zukunftsbang.

Alles das:
ohne Maß
Liebesweis',
Treuekreis,
der zerbricht
im Verzicht
und auch im Verschmähen nicht.

Schloß Laudon, 10. August 1971

Schloss Laudon

Die grüne Witwe kommt nun schon das fünfte Jahr,
meist trägt sie Blond, hinwieder auch knallrotes Haar;
sie fährt den fünften Ford –
und immer einen Achtzylinder –,
nur größer und angeberischer werden ihre Kinder.

Den Gatten sieht man nie: er kann nicht baden gehn,
ist vielbeschäftigt und muß nach dem Rechten sehn;
badet er dennoch, mag's geschehn vielleicht
in andrer Gegend –
Geschäftsbeziehungen und sonstige Kontakte pflegend.

Ein Burgschauspieler stelzt nicht minder eitel
als ein Reiher
ums Schwimmbassin und sieht sich an,
als trüge er die Leier
der ihren Mann so gut ernährenden und hehren Kunst
im braunen, nur ein wenig dünnen Arm
und riecht nach Brunst;

wölbt hahnengleich und – könnt' es anders sein? –
wirkungsbewußt, wenn Weibliches ihm naht,
die schön melierte Heldenbrust
und zieht voll Meisterschaft mit gleichem Muskeldruck
den Bauch
nach innen, denn so etwas hat – nebst anderem – er auch.
Die Kleinen reden wie die Großen
meist auch nur vom Geld:
Schön ist ein solcher Sonnentag in reicher Welt!

Schloß Laudon, 8. Juli 1971

Ottakringer Arbeiterheim

Die Mitrailleuse aus dem Küchenfenster bellt,
ein Haufen Pflastersteine die Allee verstellt;
da rollt ein Panzerwagen voll Gewalt heran
und fällt mit Feuerstößen die Fassade an.

Beim Greißler gleich ums Eck fährt die Haubitze auf
und stößt Granaten aus dem hochgereckten Lauf;
man schießt noch wütend durch das aufgesprengte Tor,
als keine Maus sich wagt mehr aus dem Haus hervor.

Nur eine treue Gattin bleibt in ihrem Heim,
macht auf die neue Zeit sich nicht den rechten Reim;
da saust auch schon durchs Zimmer
wie der Blitz so schnell
und bohrt sich in ihr Hirn hinein ein Stück Schrapnell.

Zerschunden Mauerwerk, es wurde wieder glatt,
und ohne Schandmal ist die vielgeliebte Stadt;
nur eine kleine Tafel, die erzählt, was war
in jener Nacht im bitterbösen Februar. –
Jetzt stehen Autos beiderseits am Straßenrand:
Sei ohne Sorge und vergiß es, Vaterland!

Mauer, 9. Juli 1971
Im Gedenken an Ida Sever, die bei den Kämpfen um das Ottakringer Arbeiterheim am 12. Februar 1934 ums Leben kam

Türkenschanzpark

Energisch zeichnen sie geheimnisvolle Striche in den Sand
und sind bei alt und jung im ganzen schönen Park bekannt;
sie tragen aufrecht durch die Tage der verwünschten
Republik
ein jeder von der guten alten Monarchie so manches
Stück:

Den Wappenring, den Ehering aus rauhem grauem Stahl –
hieß es nicht „Gold gab ich für Eisen“ anno dazumal? –,
das kleine Kaiserkrönchen am Revers,
den Titel Exzellenz,
ihr kameradschaftliches Du – in schuldiger Reverenz.

Zu Stifter Adalbert, dem Dichter, schaun sie
ehrfurchtsvoll hinauf,
und auch den Wasserdoktor Prießnitz überm Teich
nimmt man in Kauf;
die rote Lehrerin Auguste Fickert aber streift kein Blick:
auch diese Frau hat mitverschuldet Vaterlandes
Mißgeschick!

Ihr Rundgang führt sie an den selben Plätzen Tag
für Tag vorbei;
von Zeit zu Zeit nur, scheint es, stiehlt sich einer
aus der Reih':
er ging ins unversehrte Kaiserreich dort oben ein.
Wer zeichnet jetzt in Sand die Schlacht von
Flitsch-Tolmein?
Allein, es gibt der Schlachten und der Kriege
ja noch viele:
Ach, blieben sie nur immer alter Herrn Sandkastenspiele!

Schloß Laudon, 11. Juli 1971

Dorotheergasse

Daß schöne Vorstellung nicht in sich selbst zerfiele,
Enttäuschung nicht den guten Glauben unterwühle,
und alles Tun im Zeichen der beschworenen Gefühle
auf anderes denn eigenen Gewinn abziele!

War es nicht hier, wo Göttliches das Menschliche anwehte,
als Mozart sprach mit Meister Born über die Zauberflöte?
Da rührt ein Leuchten ferner Zukunftsmorgenröte
das Dunkel auf, daß es ins Licht hinübertrete.

Der Wunder wunderbarstes ist die Liebe,
die in Beständigkeit ein jeder von uns übe,
auf daß nichts Minderes die lautere Gesinnung trübe,
und Freundschaft unverlierbar wie die Tugend bliebe.

Wenn ihr da kommt an stets den gleichen Tagen
in jener Gasse angefahren mit den großen Wagen
voll Chromglanz und der niedern Nummern Würde –
Abzeichen hohen Menschheitsamtes auferlegter Bürde –:
gedenkt der Brüder, die dermalen noch zu Fuß gegangen
in euern Tempel, um ein weniges der Weisheit zu
erlangen!

Schloß Laudon, 14. Juli 1971
Für meine persönlichen Freunde unter Wiens Freimaurern,
die früher ihre Logen in der Dorotheergasse hatten

Beethovenhaus in Jedlesee

Die Kerzen der Kastanien hellweißes Feuer fangen,
doch Florian, der Heilige, er löscht nicht ihren Brand,
nicht minder auch der Rosen flammenrotes
Knospenprangen:
zu Stein erstarrt des Wassers Strahl in seiner Retterhand.

Und auch das Haus, zur Hälfte nur, beschützte
er vor langen
Jahrzehnten, als es über Nacht in heißen Flammen stand,
die bis auf seiner Mauern Grund es beinah
niederzwangen:
obschon ein Faß mit Feuchte angefüllt war bis zum
Rand.

Durch unbekannter Räume Flucht einst Wundertöne
klangen –
geheimnisvollen Naheseins kostbares Unterpfand:
des Meisters Spiel, entfachend immer neues
Glutverlangen
und löschend zweier Gleichgestimmter innern
Seelenbrand.

Vom nahen Berghang, voll des Weines, warf ein
Ungeheuer
zu Tal Steinklötze haufenweis: gewaltiges Gemäuer,
das Wurzeln schlug und sich verkrallte in der alten Erde
geschichtereichen Stromlands, daß es nimmer fruchtbar
werde. –
Nur um das Haus Sankt Florians in lieblicher Allee
streicht noch zur hohen Sommerszeit ein Ruch von Korn
und Klee.

Schloß Laudon/ Mauer, 28. Juli 1971

Erzbischöfliches Palais

Gelernte Wiener nennen es seit je
nur schlicht und einfach „Das Palais“,
und jeder weiß doch in der ganzen Stadt,
was er darunter zu verstehen hat,

gleichviel da sind Palais in großer Zahl:
in diesem aber wohnt der Kardinal!
An hohen Feiertagen kann ihn jeder sehn,
vom Dom herkommend, durch die kleine Tür
nach Hause gehn,

in Purpur, wie er Königen einst eigen war.
Der Kardinal sitzt auch auf einem Thron vorn
beim Altar.
Mitunter öffnet er zu ungewisser Stund’,
nur schwarz gekleidet, jene Pforte, klimpernd mit
dem Schlüsselbund.

Es hat seine Geschichten, das Palais:
verbunden mit der Zeiten Wohl und Weh,
und immer, wenn sein Herr ein mutig Wort
gesprochen hat,
wird es zum Prüfstein für die ganze Stadt:
den üblen, unverbesserlichen Geistern ein Verdruß
und zieht die Steinwürfe auf sich – wie einstmals
Stephanus.

Schloß Laudon, 10. Juli 1971
In Erinnerung an den Sturm der Hitler-Jugend auf das Erzbischöfliche Palais am 8. Oktober 1938 und die Demonstrationen gegen Franz Kardinal König nach dessen erster Polenreise

Rodaun

Der Wein, er kam hierher zu Fuß
mit der Legionen Schritt gegangen,
entbietet nach dem Marsch, dem langen,
Ermatteten Willkommensgruß.

Hier reicht der Ebene zum Kuß
das Bergland seine grünen Wangen;
von Föhrendunkel kühl umfangen,
eint Stein und Vers derselbe Genius.

Gehorchend einem inneren Beschluß,
zog es sie her, die dichteten und sangen,
um aus der Fülle zu empfangen
und zu verschwenden sich in Überfluß.

So wuchsen aus der Landschaft Geist
die liebvertrauten, reizenden Gestalten,
die eine Welt, sonst hoffnungslos vergreist,
noch einmal für uns jung erhalten:
In ihrem Bannkreis sollte bleiben,
wer immer möchte Opern schreiben!

Schloß Laudon, 13. Juli 1971

Staatsempfang

Kerzen hinter Spiegelscheiben
machen Sternen Konkurrenz:
welch ein glanzverklärtes Treiben
in der alten Residenz!

Will sich jene einverleiben
gierig alle Prominenz
und was gilt – nicht zu beschreiben –
als der Stadt Intelligenz?

Ehrenkonsuln, Professoren,
Film- und Modediktatoren,
dann in ihrer Aureole
Fernsehhausmeisteridole,

National- und Kammerräte,
Dichter, deren Ruhm verwehte,
die in kulturellen Sachen
aber noch Staffage machen;

auch Ministereintagsfliegen,
die dem Volk im Magen liegen,
schon von wegen der Pensionen,
und so manche andre Drohnen:

Bier- und Senfindustrielle,
bei Empfängen stets zur Stelle,
Sportler, Präsidialisten,
Sänger und Surrealisten –

ausgemalt und ausgesungen –,
denen dennoch es gelungen,
zu verbleiben auf den Listen
der bei keinem Fest Vermißten;

Direktoren, Präsidenten,
Ordensritter und Agenten,
Missen, Winzerköniginnen
und auch Fernsehsprecherinnen,

wohlbestallte Emigranten,
Limonadefabrikanten,
Rundfunkhauptabteilungsleiter
und so weiter und so weiter:
kurz, was Österreich zu sein
meint im eigenen Glorienschein.

Schloß Laudon/Mauer, 19. Juli 1971

Friedhof der Namenlosen

Der Wind streicht silbern durch den weiten Ulmenhain,
mit Perlmutteraugen starrt ein toter Fisch ins Leere,
und müde Wellen schlagen an verwaschenes Gestein,
wo schwarze Kreuze stehn reihum in bleibedrückter
Schwere.

Ein lahmer Zug verstellt mit seinem stählernen Gebein
grasüberwucherten Geleises abgeschied'ne Kehre;
horcht tief ins unwegsame Niemandsland hinein –
wer gibt ein Freisignal der geisterhaften Jenseitsfähre?

Die Namenlosen grub man bei den toten Fischen ein,
das Wasser trug sie nicht hinaus ins Freie ferner Meere;
der frachtenlose Zug will ihre Totenwache sein,
der Wind im feinen Ulmensilber singt ihr Miserere.

Wohl denen, die ihr Lebtag namenlos geblieben,
die starben, abseits von der Blendnis eitler Worte!
Sie müssen sich im großen Schweigen nicht erst üben
auf ihrer ungewissen Fahrt ins Totenreich:
im Leben waren sie ja schon den Toten gleich,
die ewig warten auf ein Auferstehn an unwirtlichem Orte.

Schloß Laudon/Mauer, 6. und 7. August 1971

Minoritenplatz

Ein schwarzer Adler thront als Sopraporte
gewichtig über der erlauchten Pforte,
um die so mancher mit gequältem Herzen schleicht,
der meint, er habe doch noch nicht genug erreicht

in seinem, allem Höheren geweihten Leben,
weshalb er – was nur zu begreiflich – eben
erwartungsvolle Schritte hierher lenkt,
wo Orden man und Titel ausverschenkt.

Es gibt nicht wenig von besagter Sorte,
die trösten nur verlegene Ministerworte,
ein Stern am Bauch, ein Kreuzlein um den Hals,
ein buntes Bändchen für das Knopfloch allenfalls.

Der Selbstgefälligkeit beschränkter Geist
begreift nicht, was sich da „Bekenner" heißt:
man appliziert dem Chortenor noch eine Denkerstirn,
und nicht ein Schrammelmusiker bleibt ungeschoren.
Ein fetter Putto unterm Dach greift sich ans Hirn
vor einem Volk von lauter Professoren.

Mauer, 13. Juli 1971

Wienerwald

Noch weiden Rinder vor den Toren
der steinernen Unwirtlichkeit;
aus feuchten Erdreichs dunklen Poren
die Natter schlüpft im Schuppenkleid.

Nachts spitzt der Fuchs die roten Ohren,
starrt straßwärts voller Furchtsamkeit:
ging heut' dem Blechtod er verloren,
holt Bleitod ihn zu seiner Zeit.

Turmfalke kreist um die Emporen
uralter Burgen, außer Streit:
hat sich in kühnem Flug verschworen
Luftgeistern der Vergangenheit.

Der Mittag schwingt die weißen Fahnen
der Wolken und ahnt Untergang:
das dumpfe Dröhnen macht ihm bang,
das stadther weht mit schwülem Wind,
seitdem die Pilze ausgestorben sind,
beweint von Fichten in Soutanen.

Mauer, 20. März 1972

Heiliger Nepomuk

Unter prächtigen Platanen,
die im hohen Winde wehn,
feierlich wie Kirchenfahnen,
siehst du ihn in Sandstein stehn.

Auch in Nischen, vor Altanen,
in beschaulichen Alleen,
immer doch an Wasserbahnen,
segnend dein Vorübergehn.

Und er will uns alle mahnen,
im alltäglichen Geschehn
noch ein Höheres zu ahnen
und das Heilige zu sehn.

Schutzpatron der vielen Brücken
ringsherum im ganzen Land,
lehre uns im Niederbücken
übers Kreuz in deiner Hand,
welchen Wert das Schweigen hat:
vornehmlich in dieser Stadt!

Schloß Laudon, 19. Juli 1971

Küniglberg

Gefährlich ist der Staat im Staat
und der Reformen schlimme Saat,
besonders wenn man reformiert,
damit nur einer profitiert

von vielen, und sein Freundeskreis,
der um die Hintergründe weiß,
darüber aber eisern schweigt
und sich hiedurch erkenntlich zeigt

für allerhöchste Gunst und Huld.
Aus Wechselseitigkeit der Schuld
wächst förmlich mit Naturgewalt
der Mafia Zusammenhalt.

Was jegliche Reform angeht,
ist's für Reformen nie zu spät,
und mit gar mildem Trost erfüllt
ein altes legendäres Bild:
Die Schlange, die sich selbst umkreist
und in den eigenen Hintern beißt.

Schloß Laudon, 12. Juli 1971
Für „Freund" und „Feind" im ORF

Ganz bestimmte Häuser

Kein Schild am Tor und kein Adreßbuch weist
auf jene ganz bestimmten Häuser hin,
die man entsetzt ein Menetekel heißt,
doch bald verliert aus dem erregten Sinn:

In Lerchenfeld, da starb der Kürschner und die
Kürschnerin –
sie hatten viel erspart und waren schwach,
schon ganz vergreist –;
am Alsergrund bescherte des Magisters Tod Gewinn
einem der Jünglinge, die ihn betreuten –
häuslich meist.

In Lainz verröchelten die jungen Mädchen,
die – verwaist –
sich nicht genügsam fügten in der Hausfrau Disziplin;
bei Hacking hauchte eine Lebedame ihren Geist
aus dem verwöhnten Körper, tief im stillen Walde drin.

Die gruseligen Bilder, sie verbleichen;
vergessen sind die Orte und desgleichen
die Opfer wie die wohlbedachten Hände,
die ihnen einst bereiteten solch unerwünschtes Ende,
verschollen auch die Instrumente mancher Tat. –
Und neuer Morde harrt indes die Stadt.

Schloß Laudon, 9. August 1971
In Erinnerung an „berühmte" Morde in meiner Kinderzeit

Altdornbacher Wirtshaus (Trost)

Auf Spiegelglas, schwarz wie Achat,
prangt feierlich im Mittagslicht
ein golden Leuchten von Karat:
Buchstabenzier, die Trost verspricht.

Darunter weißlich ein Traktat
im Mittelpunkt solch lieber Sicht,
kurrent geschrieben, akkurat
reiht Leibgericht an Leibgericht.

Gar teuer ist da guter Rat:
es liest sich schön wie ein Gedicht
und fordert doch die große Tat,
Entschluß genannt – mithin Verzicht:

Verzicht auf Mehlspeis' oder Braten,
auf Soßen, die zu geil geraten,
auf holde Süße, herbe Würze,
auf dies und das, damit nicht stürze
uns allgemein doch Magenschwache
zuviel Genuß ins Ungemache.

Schloß Laudon, 3. August 1971

Pressehaus

Kein Haus hat unter seinem Dache
für Meinungen so vielen Raum,
wie jenes Haus der Meinungsmache,
der Alpträume unsäglichster und schlimmster Traum:

Ein giftiger, urböser Drache,
des Paradieses Schlangenbaum –
und unbedroht vom Schwert der Rache
des Engels, der einst Wache hielt am Himmelssaum.

Und jeder drängt zu diesem Fache,
um mit zu schlagen Lügenschaum:
mit Gangstern macht gemeine Sache
der Staatsmann noch – und siehe da, er schämt sich kaum.

Doch trotz Skandal und Sensationsgewimmel
wächst auch ein Pressehaus nicht in den Himmel:
in dem Betongerippe sitzt schon das Verderben,
und zeitweis kommt das große Zeitungssterben,
nur nicht Sankt Michael – ein Journalist,
für den sich Gott verbürgt, daß er nicht käuflich ist.

Schloß Laudon, 26. Juli 1971

An der schönen blauen Donau

Der Wiener ist ein Optimist,
der gerne sieht, was doch nicht ist:
er sieht die Stadt voll Lipizzaner,
sich selbst inmitten – Klassikaner! –,

von Gott begnadet und Natur
fürs Schöne und fürs Edle nur,
ganz ohne Arg und voll Hamur –
die Menschlichkeit in Reinkultur.

Ergriffen bis ins Seelenmark,
schaut er noch im Schönbrunnerpark
den Kaiser, dem nichts blieb erspart –
bis auf die eigene Himmelfahrt.

Den Himmel sieht er voller Geigen,
auch im Gewitterwolkensteigen,
Mozart in niedlichstem Porzellan,
die Dichter all in mildem Wahn,

den Tauben vom Beethovengang,
den Schrammeln lauschend nächtelang,
Franz Schubert im Dreimäderlhaus,
im Walzerdusel Meister Strauß.

Erblickt er irgendwo ein Tor,
steht schon der Lindenbaum davor,
ein Brunnen auch, nebst Lehrerchor
mit hauchzart fistelndem Tenor.

Getaucht ganz in Backhendlschmalz
erscheint ihm Grinzing – Gott erhalt's! –
und immer im Schlagoberskleid
die liebe, gute alte Zeit.

Den Steffel, der – wenn ihm nicht graut –
auf all das lächelnd niederschaut,
sieht er noch als denkenden Dom
und ätherblau den Donaustrom.

Allein an dieser falschen Bläue
erkenne man des Wieners Schläue:
Statistik denn macht offenbar,
daß nur in jedem vierten Jahr,
an einem einzigen Tag genau,
die Donau wäre wirklich blau.

Schloß Laudon, 4. und 5. August 1971

Sauzipf (Haus des Dichters Max Mell)

Der alte Kaiser fuhr im Viererzug noch durch die Au,
im kleinen Wirtshaus nebenan nahm er sein
Frühstück ein;
und eine einsame und unbeschreiblich schöne hohe Frau
ritt durch den nahen Wald, nur mit sich selbst
und ihrer Traurigkeit allein.

Bald schob sich Stück für Stück der Großstadt
häßlicher Verbau
flußaufwärts und brach wie ein Räuber in die Ruhe ein;
der Ulmen feierliches Grün wich vor dem öden Grau
gewaltigen Betons zurück – und das Besondere,
es wurde allgemein.

Andächtigen erschließt sich noch so manche
Wunderschau
in Gärten, schmal, getaucht in Biedermeiersonnenschein;
und abendlich schleicht über Grasparketten kühler Tau
vom Wasser her und bringt der Rosen jeder eine
Perle fein.

Geht dann ein alter Herr mit zierlichem Porzellanschritt
um das Haus,
durch einer gröbern Zeit schmerzhaftes Lärmgebraus,
trägt er, unsichtbar mit den vielen, vielen Jahren,
die Bürde jener Liebenswürdigen, die keine
Helden waren;
und – also scheint es eines Höhern weiser Wille –
mit ihm geht eine wundersame, beinah kaiserliche Stille.

Im Hause Max Mells, 20. Juli 1971

Rennweg und Simmeringer Hauptstrasse

Im Auland steigt die Sonne auf aus einer Donauzille,
zu früher Morgenstunde an den langen Sommertagen,
und zieht stadteinwärts auf der Straße, die der Ackerrille
des Feldes gleicht, das Früchte trägt noch unter
Schornsteinragen.

Kaum daß der Schnee zertaut, blüht rosaselig die Marille
in jenen Gärten auf, um die sich kleine Leute plagen,
und bis in späten Herbst verschwendet ihren Duft
Kamille
an Gehsteigecken, ohne je nach dem Wofür zu fragen.

Den toten Mozart fuhr man hier hinaus in aller Stille
zum Armengrab, auf einem wackeligen Schinderwagen:
die Stadt sah ihrem Größten nach durch eine Nebelbrille,
wie sie an trübem Wintertag wohl alle Städte tragen.

Und wo die Kuppeln grünen, schlich Mama einst
in den Garten,
als kleines Mädchen, um auf einen hohen Herrn zu
warten,
der angefahren kam, vierspännig aus der Innern Stadt,
mit dem Brevier und süßem Naschwerk unter dem Talar:
Die Sonne aus dem Auland strahlte canalettoklar,
wie sie noch heute leuchtet in Rubin und goldnem
Ahornblatt.

Mauer, 24. März 1972
In Erinnerung an die Geschichte meiner Großmutter von ihren Begegnungen mit Joseph Othmar Kardinal Rauscher im Belvederegarten

Sankt Stephan

Der liebe Gott in Wien wohnt mitten in der Stadt,
in einem kleinen Schrein, von Heiligen umgeben,
im Dunkel, wo die Kühle immer ihre Zuflucht hat,
und abgeschirmt von hoher Pfeiler steilem
Himmelsstreben.

Zu Festeszeiten, wenn sein Sohn Geburtstag hat,
und gläubige Gedanken sich zu ihm erheben,
tritt warmen Lichtes Fülle an des kühlen Dunkels Statt:
da ist ein Gitteröffnen, Kerzenflammen,
Weihrauchschweben.

Im Alltag spendet seine Mutter Hilf und Rat
den vielen, die zu ihr hintreten aus dem Leben;
kein Bischof sitzt im schönen Chorgestühl
und kein Prälat,
und nur das Volk zieht ein und aus in Vaters
Durchhaus eben.

So war es einmal vor des bösen Brandes Wüten:
Erinnerung nur mag das liebe Bild behüten;
der neue alte Dom ist anders: Wem sei es geklagt?
Sein hoher Turm, selbst er wird schon von andern
überragt.
Noch höher als der Kaiseradler leuchtet das Symbol
für Bier:
So ist die neue Zeit, das neue Wien – und so sind wir.

Schloß Laudon, 27. Juli 1971

Mauer

Ich bin noch hier
und möchte fort:
doch etwas, das hält mich zurück –
Goldfaden oder Galgenstrick?

Daß es auch mir
an diesem Ort
verging, der ersten Stunden Glück,
ist unentrinnbares Geschick.

Und doch: In dir
wurzelt das Wort,
schau ich die Wege all zurück,
du Landschaft mit dem Sonnenblick.

Noch wächst am Waldrand rescher Wein,
ein Buschen lädt zum Umtrunk ein,
und geh ich fröstelnd durch die Nacht,
vom Baum das Käuzchen mich verlacht.
Was mein einst und des Hauses war
bewahrt der Sonnenblick unwandelbar.

Mauer, 8. Jänner 1973

Abgesang

Nachmittag
bricht früh an:
Glockenschlag
zeigt es an.

Schatten ziehn
lang herauf:
Sommer fliehn –
Daseinslauf.

Im Gemüt
wird es still,
schweigt das Lied.

Ein Gefühl
sagt dir klar:
auch dein Wort
wird jetzt kühl –

vielleicht leer;
hat nicht mehr
Sommers Kraft,
stiehlt sich fort.

Wenn es will
und es schafft,
kommst du mit ihm wieder übers Jahr.

Schloß Laudon, 10. August 1971

„So läßt sich manches sagen“

Frage und Antwort

Wie ist mir, willst du wissen, wenn ich schreibe?
Mir ist, wie's mir beim Beischlaf ist.
Dem Geist ergeht es wie dem Leibe:
Die Lust ist immer nur für kurze Frist.

Und hinterher kann man's nicht lesen.
Das ist der Katzenjammer nach der Liebesnacht.
O wäre es doch nie gewesen!
O hätte ich es nie gemacht!

Der Kuß des Weibes und der Verse Zeilen,
sie schmecken gleicherweise abgeschmackt
und locken nicht zu längerem Verweilen. –
Wie ist das Leben doch vertrackt!

Mauer, 5. August 1953

Kunst

Kunst kommt von Können, nicht von Brunst,
auch wenn die Brunst sich reimt auf Kunst.
Es wäre falsch, auch wenn es dichtet.
Das Ungereimte, es verpflichtet.
Kunst kommt von Können, wie gesagt,
was manchen „Künstlern" nicht behagt.

Doch soll die Wahrheit sich auch reimen,
muß man den Satz zusammenleimen,
nachdem man, was auch wohlgefällt,
ihn vorerst auf den Kopf gestellt:
Kunst kommt von Brunst nicht, sondern Können.
Wer mag den „Künstlern" dies vergönnen?

Sulzerhöhe, 8. Juni 1972

Selbstbetrachtungen eines alternden Mannes

Um dich ist oft ein kühler Hauch:
Krebsahnung geistert durch den Bauch –
es könnte auch die Lunge sein,
doch schwillt gewiß kein Raucherbein
dem, der sein Lebtag nicht geraucht,
nur anderwärtig sich verbraucht.

Die Gier saß dir in Mund und Kehle
und tief im Abgrund deiner Seele.
Vielleicht wird das dir zum Gericht,
was manchmal unterm Arm dich sticht?
Vorm Haus ein schwarzer Schatten parkt:
am Lenkrad sitzt der Herzinfarkt.

Geschwind ist auch ein Schlagfluß da,
doch mählich wächst die Prostata:
Hast du's nicht einmal schon verspürt,
wie deine Triebe zugeschnürt?
Zwar bist du noch voll Zwang und Drang –
doch in Gedanken wird dir bang.

Wer tief in seine Adern lauscht,
der hört, wie es dort knisternd rauscht:
Kalk hat sich längst schon angesetzt,
der dich versteinert ganz zuletzt.
Um Mitternacht dein Stoppelbart
gemahnt dich weißer Gegenwart.

Die Zukunft wird noch weißer sein:
du gehst tagweis in sie hinein;
sie nimmt dich auf – ein Stück von ihr –
und öffnet sanglos dir die Tür
in ihre Räume, kalt und kahl:
Wegweiser ist ein Greisenmal.

Es wächst dir seitlich an der Stirn –
schlag' dir die Jugend aus dem Hirn,
seit du es unverhofft entdeckt,
was neue Ängste dir erweckt:
den kleinen, blassen, runden Fleck
wäschst du mit Seife nicht mehr weg!

Er trat als Bote aus der Haut,
die an den Beinen schon durchblaut
vom Venenregenbogenspiel,
das dir an andern stets mißfiel:
jetzt ist es dein, was du geschmäht,
denn auch für dich wird es schon spät.

Oft wird dir kalt, auch wenn es warm:
Blähungen gurgeln durch den Darm,
belasten dich des Nachts gar sehr;
und auch im Magen die Beschwer –
obschon du nicht mehr so viel ißt
und alten Appetit vermißt.

Was war das noch für eine Zeit,
da Mund und Schlund und Magen weit,
und du dir sorglos einverleibt,
was heute nur noch Wunschtraum bleibt. –
Auch diesbezüglich wirst du schwach
und denkst über die Folgen nach.

Und was man nicht beschreiben kann:
beim Sitzen ficht's dich hinten an;
was in verborgener Öffnung glüht,
was mag's wohl sein? – Ein Hämorrhoid!
Der Reiz hängt dir zum Hals heraus:
schau dir's im Spiegel an – o Graus!

Zu endgültigem Lustvertreib
betrachte deinen Unterleib:
noch rundet sich's, doch fällt's schon ein:
auch dies will dir ein Zeichen sein,
daß an dir selber nichts mehr hält –
es zehrt dich ab der Lauf der Welt.

Des Himmels liebes Sternenlicht
malt dir ein Bild des Friedens nicht:
ein jeder Stern – wie schmerzt es dich –
versetzt ins Aug' dir einen Stich;
es sind der Stiche schon recht viel,
seitdem du lebst, so ohne Ziel.

Gesteh' es dir doch endlich ein
und löse dich vom äußern Schein:
was du dir einst erhofft – im Traum
und wachend –, irgendwo im Raum,
im weiten, schwebt's dahin;
und dies Entschweben ist der Sinn

des Lebens, wie du ihn verstehst,
wenn du allein spazierengehst –
nicht weit mehr, nur noch rund ums Haus.
Die fernen Lichter löschen aus,
bedrängen dich nicht länger mehr,
denn Nebel steigen dick und schwer

aus Tales Tiefen plötzlich auf
und hemmen der Gedanken Lauf,
errichten eine weiße Wand
um dich herum mit kalter Hand.
Zwei Drittel Lebenszeit sind um:
Gott sei's gedankt! – Und doch: zu dumm!

Semmering, Dezember 1972

Der Adam-Hausner-Jodler

(Exakt vorzutragen nach der Weise des Erzherzog-Johann-Jodlers)

Wo i geh' und steh',
tut ma's Herz so weh,
um mei Weanastadt, ja glaubt's ma's g'wiß,
wo ins Aug' mir knallt,
was so guat mir g'fallt,
und mei liaba Adam Hausner is'.

Wer dös G'sicht net kennt,
is' im Hirn verbrennt,
weil er's kenna muaß, auf jed'n Fall,
und vor lauter Lust
schlogt oam da die Brust,
nix als Adam, Adam überall!

Ja, es is' a Freud',
meine liab'n Leut,
was der Adam treibt in aner Touar:
wia er zittern tuat,
wia er tragt sein Huat,
wia er von sein Adam kriagt net gnua.

Schaut's eich an den Mann,
was der alles kann,
wia er mit der Schlangan kämpft, a Höld!
Wia eam aus de Hoar
wochst a Kinderschoar,
jeder neiche Adam bringt eam Göld!

Vor der Häf'nwand,
im Matros'ng'wand,
wann i da mein liab'n Adam siech,
wia sei Pinserl malt
und der Grosch'n fallt,
war's a Wunder, wann i's Hoamweh kriech?

Ja, i siech mi scho'
ganz verzuckt und froh
mit mein Adam durch die Gasserln geh'n:
wird er mi a mal'n –
do' i kann nix zahl'n,
derf mit eam net in der Auslag' steh'n!

Mauer, 10. Jänner 1973

Die Käufer

Kaufen und kaufen,
laufen und laufen,
von Laden zu Laden
mit flatternden Waden,
laufen und laufen,
kaufen und kaufen,
mit Kaufwasser taufen,
in der Kaufflut ersaufen,
so wachsen die Haufen,
um die sie sich raufen
mit gierigen Händen:
die Dividenden.

Mauer, 14. Jänner 1973

Der Dompropst

Es scheint, er kommt vom Sitzen
schon allgemein ins Schwitzen.
Sein Bauch gehört zu dem Ornat,
der ihm gebührt als Domprälat.

Er darf noch eine Infel tragen;
den Jungen geht's an Hut und Kragen:
das Vatikanische Konzil
erhob die Nüchternheit zum Stil.

Es wird gespart an allen Orten
mit Schleppen, Spitzen, Quasten, Borten
und all der reichen Farbenpracht,
mit der die Kirche Staat gemacht.

Der Dompropst ist ein Überrest
von gestern, den man leben läßt:
so lange er noch leben mag.

Schiebt er an einem Sonnentag
den Vorbau so bedächtig hin
durch schmale Gäßchen hinterm Dom,
dann geht mit ihm das alte Rom
und auch ein Stück vom alten Wien.

Mauer, 15. Jänner 1973
In Erinnerung an Dompropst Josef Wagner

Der Generalvikar

Er spricht mit sanfter Stimme
und redet nie im Grimme:
ein jedes Wort wird wohlgepflegt
behutsam in den Mund gelegt –
so läßt sich vieles sagen,
und keiner wird's beklagen.

Ein violetter Schimmer
kreist ständig durch sein Zimmer,
und jedermann, der ihn besucht,
die feine Vornehmheit verbucht –
nur soll man nichts erhoffen:
der Herr läßt alles offen . . .

Löwelstraße, 15. Jänner 1973
Nach einem Besuch beim SPÖ-Zentralsekretär Fritz Marsch

Die Stardirigenten

Der Kunst wegen muß es uns geben:
wir haben die goldenen Hände.

Die Meister starben in Not:
zum Glück sind sie alle tot.

Sie würden sonst selbst dirigieren
und uns das Geschäft ruinieren.

Und das, das wäre das Ende:
die Kunst würde es nicht überleben.

Mauer, 15. Jänner 1973

Der Kammersänger

Im Kehlkopf einen Knödl,
will ich im Bett ein Mädl –
am besten vom Ballett:
hübsch schlank, doch nicht zu mager,
sonst freut mich nicht das Lager,
denn selber bin ich fett.

Wenn ich den Spielplan seh',
da fällt mir plötzlich ein:
heut' muß ich sparsam sein;
die Stütze darf beim Hutschen
mir keinesfalls verrutschen –
ich brauch' das hohe C!

Mauer, 15. Jänner 1973

Der Herrenfahrer

Er fährt einen Mercedes
und schimpft aus jedem Loch
auf alles und auf jedes.
Er hat ein schweres Blut
und kommt doch leicht in Wut.
Dann läuft er an ganz lila
und platzt aus dem Gesicht.

Sein Schimpfvokabular
ist wahrlich nicht zu rar.
Das macht ihm wenig aus,
denn sein ist eine Villa,
und wenn schon diese nicht,
zumindest aber doch
ein nettes Reihenhaus.

Hacking, 15. Jänner 1973

Der Autor

Ein großer Dichter steht vor dir:
doch wo sind Bleistift und Papier?
Gewiß, so fragst du, trägt ein jeder,
der schreibt, auch sichtbar eine Feder?
Und mit der schweren Schreibmaschine
steigt keiner gerne auf die Bühne.

Allein, manch herrliches Gedicht
ahnst du in diesem Angesicht.
Dies deutet dir – hast du Gefühl –
ein wichtigeres Utensil.
Schau hin, o Hörer, und begreife:
im Mundwinkel hängt eine Pfeife!

Mauer, 16. Jänner 1973

Der Abgeordnete

Er ist für alle da,
auch die er niemals sah
und die ihn nicht gewählt,
auf die er nicht gezählt.

Das redet er sich ein,
drum findet er es fein,
Politiker zu sein.

Wer kann schon alle sehn?
Das muß man doch verstehn:
Im Hohen Hause gehn
nicht alle ein und aus –
sonst wärs kein Hohes Haus.

Hauptsache, man sieht ihn:
drum schaut auch fleißig hin,
wenn er im Fernsehn spricht,
mit Nachdruck und Gewicht.

Macht eure Ohren weit,
denn die Beredsamkeit
sucht Aufgeschlossenheit.

Auch wenn nicht jedes Wort,
von ihm geäußert dort,
paßt an so hohen Ort. –
Das Zuhören ist beschwerlich:
doch meint er's immer ehrlich!

Mauer, 16. Jänner 1973

Der Fernsehdirektor

Er ist sein eigener Superstar:
ein Star, wie das noch keiner war.
Laut poltert sein Polypenbaß.
Ist dieser Superstar nicht „klaß“?

Ein blonder Schatten ist ihm nah.
Er hat die „Goldene Kamera“.
Und wie er über alles red’t!
Der Mann ist g’scheit, und wir sind blöd!

Mauer, 16. Jänner 1973
Nach dem Genuß einer Fernsehsendung mit Helmut Zilk

Der Präsident

Noch ehe die Sitzung beginnt,
er sich seiner Würde besinnt.
Und ist diese Würde auch schmächtig,
er räuspert sich doch höchst bedächtig.
Dann spricht er es aus: „Meine Herrn!"
Und jedesmal sagt er es gern.

Doch wenn dann die Vorstände tagen,
dann hat er nicht viel mehr zu sagen,
der Obmann, der Präsident,
den jeder im Sparverein kennt.
Er sitzt nur noch vor und sitzt dort,
erteilt jedem Redner das Wort.

Im kleinen ein Staatsoberhaupt:
Wer hätte von dem das geglaubt?
Er machte ganz groß Karriere,
gelangte zu Ansehn und Ehre. –
Man sollte es auch probieren:
Beitreten und kandidieren!

Mauer, 16. Jänner 1973

Der Senatsrat

Künstlern aller Sorten
verspricht er gerne alles,
mit salbungsvollen Worten,
für den Fall des Falles:

Titel als Belohnung –
wenn einer nichts geworden –,
die Gemeindewohnung,
als Pflaster einen Orden.

Allen, die nichts haben,
Witwen- und Waisenrenten,
milde Ehrengaben,
Stipendien für Studenten.

Nadeln, Ehrenringe –
für ganz spezielle Streber
ganz spezielle Dinge:
Ehrengräber.

Mauer, 16. Jänner 1973

DER MÄNNERBUND

Die feierlichen Reden,
wie einen die anöden!
Und auch die alten Bräuche
sind nichts für volle Bäuche.

Man denkt an andre Sachen:
wozu sitzt man denn hier?
Man will Geschäfte machen,
so zwischen Wein und Bier.

Und daß wir nicht vergessen:
das allgemeine Leid.
Wir haben gut gegessen,
jetzt übt Wohltätigkeit!

Doch da heißt's überdenken:
es geht doch allen gut.
Wem soll man noch was schenken? –
Vielleicht spenden wir Blut ...

Bequemer doch und schneller –
wer rasch gibt, doppelt gibt –,
legt man auf einen Teller,
was einem so beliebt.

Der Umlauf der Banknoten
die Seelen rings erweicht:
bei guten Angeboten
fällt jetzt ein Abschluß leicht.

Was da der Herr berichtet
von Not an fernem Ort:
das ist doch nicht erdichtet –
zum Glück lebt man nicht dort.

Hier kann man diskutieren,
damit ist schon was g'macht:
nur nicht zuviel aufrühren!
Verehrung, gute Nacht ...

Mauer, 16. Jänner 1973

Die Philharmoniker

O Jubelklang der Geigen:
die Honorare steigen.

Sie spielen keinen Ton
allein um Gottes Lohn:

Auch nicht die Substituten,
die noch nicht ganz so guten.

Es reißt sie her und hin:
Termin jagt den Termin.

In jedem Studio
schätzt man ihr Tremolo.

Doch scheint's: es hat ihr Strich
mitunter einen Stich.

Hacking, 20. Jänner 1973

DER ÖSTERREICHARSCH

Man nannte ihn einstens Profos,
der zünftig die Ärsche verdroschen
mit rutenbewehrter Hand.

Jetzt wirbt mit dem Arsche famos
Frau Profohs fürs Vaterland:
und alles fällt auf die Goschen.

Sogar der Minister – noch geil
vom Arschanblick – nennt jenen „Meister“,
der rücklings die Gattin gemalt.

Was bietet man noch alles feil
von solchem Kulturscheibenkleister,
so lange der Staat es bezahlt?

Pernegg, 13. Mai 1973
Nach einem Auftritt von „Kulturminister“ Fred Sinowatz

Der Maler und die Mandatarin

Sie endete nicht nett,
die große Kunstenquete,
sie wurde zur Blamage,
zur Hinternvernissage:
Ein Maler großer Pose,
gewaschen mit hundert Wassern,
entzog sich seiner Hose
vor den Kulturverprassern.

Die Volksvertreterin,
dergleichen nie im Sinn,
sie wendete sich barsch
von solchem Anblick ab,
sprang auf vom Ehrensitz,
im Antlitz kalten Schwitz,
und lief hinaus zum Saal
mit Stöckelschuhtrabtrab.

Gewiß zum ersten Mal
sah sie des Wählers Arsch,
von Hüllen unbeschwert,
und was noch, umgekehrt,
entblößt dazugehört:
das hat sie so verstört.
Sie floh das Unschicksame
und handelte als Dame.

Pernegg, 13. Mai 1973
Nach einem Wiener „Kulturskandal"
Für Kulturstadträtin Gertrude Fröhlich-Sandner

Autofahrersonett

Hundertfünfzig unsichtbare Pferde
fahren dich, tagaus, tagein,
über graue, asphaltierte Erde
in ein grenzenloses Nichts hinein.

Der Stall auf Rädern steht vorm Tore
im blanken, chromverzierten Kleid,
und du bist stolz auf deinen „Commodore“,
Symbol des Fortschritts, der dir dienstbereit.

Nur wenn einmal defekt die noble Nummer,
verursacht dies den allergrößten Kummer.
Dann fährst du, was du lange nicht getan,
bescheiden wieder mit der Straßenbahn.
Dein Bild vom Leben wird zurechtgerückt
durch manchen Anblick, der dich nicht entzückt.

Mauer, 13. Dezember 1973
Nach einer Straßenbahnfahrt

Der Parteivorsitzende

Wer seiner Worte wohlgebremstem Fluß vertraut,
der hat auf Stein wie auch auf Sand gebaut:
denn allerhöchste staatsmännische Kunst
zerstäubt selbst Stein zu feinstem rosa Dunst
und baut aus leichtem, hingewehtem Sand
die halbe Zukunft auf fürs Vaterland.

Auf seine Art vollbringt er manche Wunder:
versteht zu überzeugen wie zu blenden,
bald vorzupreschen, bald geschickt zu wenden,
gleichviel ein Vorsichtiger wie Verwegner,
ein Mann, der weiß, daß seine Welt um vieles runder
als alle runden Welten seiner vielen Gegner.

Mauer, in den Weingärten, 20. März 1974
Nach einer Sitzung der Rundfunkreformkommission
von Bundeskanzler Bruno Kreisky

Dem Stararchitekten

Da schaut der Steffel lächelnd auf uns nieder.
Jetzt weint und weint er immer wieder,
denn vor ihm steht, o Schreck, o Graus,
das neuerbaute Holleinhaus.

Wien, Wien, nur du allein,
sollst stets die Stadt meiner Träume sein.
Mir fällt kein schöner Traum mehr ein,
außer der Alptraum vom Haus des Hollein.

Muß i' denn, muß i' denn zum Städtele hinaus,
denn vor dem Steffel steht das Holleinhaus.
Zum Abschied ein Blick noch, ein trauriger, müder,
auf das entsetzliche „Werkstück" der „Brüder".

Hetzendorf, 18. März 1990

„Und überstanden
ist die längste Nacht“

Vorbeugung

Für den 21. Dezember

Wo Wunder stehn im Glorienschein,
da stellt sich auch der Zweifel ein,
er, der des Glaubens liebstes Kind,
weil Wunder schwer zu glauben sind,
und Glauben man nicht zwingen kann.

Darum also feiert man
schon vor der Weihnacht, wunderbar,
Sankt Thomas, der ein Zweifler war
und erst durch Blut heiliger Wunden
zu seinem Glauben hat gefunden.

Mauer, 9. Jänner 1972

Heiliger Abend

Für den 24. Dezember

Immerfort kommt Gott zu früh,
und der Mensch, er kommt zu spät.
Uralte Disharmonie,
an der die Welt zugrunde geht.

Menschenwelt, voll Leid und Müh',
die sich stets mit Schuld belädt.
Um von ihr zu lösen sie,
im Stall dort jene Krippe steht.

Stern von Bethlehem, erglüh',
der die Liebe uns erspäht!
Leuchte noch dem armen Vieh,
solang ein warmer Atem weht.

Mauer, 26. Dezember 1971

Sommerlicher Christtag

Für den 25. Dezember

Den Tisch stellt unters Laubendach hinaus,
die Bank gemach vors sonnenhelle Haus!
In lauem Anhauch und in goldenem Schein
will festlich Mahl dies Jahr verkostet sein.

Wo blieb des Herbstes wildes Sturmgebraus?
Das Jahr, es eilte seinem Tod voraus,
geht winterlos in einen neuen Sommer ein.
Auf sein Willkommen trinkt den Weihnachtswein!

Was auch an Ungewärtigkeit
in diesem wundermilden Jahr
euch prüfend aufgelastet war,
bringt es zur Ruhe mit Bedacht
in der Gedanken Einfachheit:
Und überstanden ist die längste Nacht.

Mauer, 25. Dezember 1971
Für Ruth und Marina

Zweiter Feiertag

Für den 26. Dezember

O du liebholdselig Fest,
lehrest uns wie keines,
daß sich Glück nicht halten läßt,
auch kein noch so kleines.

Läuft die Zeit nicht doppelt schnell
durch das traute Zimmer,
strahlt vom Lichterbaume hell
warmer Kerzenschimmer?

Kaum geboren ward Herr Christ,
kommt mit Martersteinen
Stephanus in Stundenfrist.
Und schon will es scheinen,
nach Sylvesters Jahrsbeschluß
reichen durch die Türe
König drei als Abschiedsgruß
Weihrauch, Gold und Myrrhe.

Mauer, 26. Dezember 1971

Johannestag

Für den 27. Dezember

Aus der Apostel heiligem Kreise
wählte Herr Jesus auf seine Weise
sich einen Lieblingsjünger aus.
Ihm, der ein Meister des Verzichtens,
der unvermählt durchs Leben ging,
dieweil die andern Weiber hatten,
der als ein holder blonder Schatten
ihm bis zur letzten Stunde nah
und nachgefolgt auf Golgatha,
empfahl die Mutter er ins Haus,
als sterbend er am Kreuze hing,
und schenkte ihm hernach zum Lohne
anstatt der schweren Marterkrone
die wunderbare Kunst des Dichtens.
Sie ließ noch durch der Endzeit Grauen
Johannes in den Himmel schauen.

Mauer, 8. Jänner 1972

Unschuldige Kinder

Für den 28. Dezember

Die übrig geblieben
von Lust und von Lieben,
weil nicht abgetrieben
und auch nicht verhütet:
sie sind doch nicht minder,
wenn auch arge Sünder,
unschuldige Kinder.
Der Tod nicht – das Leben,
das ihnen gegeben,
ganz ohne ihr Streben,
es ist ihr Gericht,
das fürchterlich wütet,
gleich jenem der Kleinen,
die unter den Steinen
von Bethlehem weinen
im biblischen Licht.

Mauer, 1. Jänner 1972

Thomastag

Für den 29. Dezember

Es ist der Stall von Bethlehem
für Willensschwache unbequem:
Nicht nur, daß kalter Winterwind
durch alle Ritzen Einlaß find't,
fünf Tage ist das Kind erst alt
und schon zwingt es uns mit Gewalt,
in Wichtigem uns zu entscheiden –
uns, die wir solches gern vermeiden.

Doch Thomas Becket steht uns bei,
gibt Beispiel uns und macht uns frei
vom kläglichen Sowohl-Als-auch,
geübt nach altgewohntem Brauch.
Er dachte nicht nur dann und wann,
daß man zwei Herren nicht dienen kann:
Voll Mut hat er ein starkes Leben
nur für den einen hingegeben.

Mauer, 8. Jänner 1972

Pars pro toto

Für den 30. Dezember

Wer weiß schon, wer Sankt Lothar war?
Doch steht er da auf dem Altar
für alle Heiligen, die es gibt,
vom frommen Volk verehrt, geliebt
und angerufen übers Jahr
in vielen Leidensstunden und Gefahr.

Damit ihm nicht zur Winterszeit
kalt würde in der Einsamkeit,
in der er steht so heilig da,
gesellte sich Sankt Irmina
ihm gleichen Tags hilfreich zur Seit':
Auch Heiligsein trägt leichter sich zu zweit.

Mauer, 6. Jänner 1972

Sylvesterreimerei

Für den 31. Dezember

Für Dichter der Gelegenheit
eine hochwillkommene Zeit,
wie auch Geburts- und Namenstage:

Man reimt in altbewährtem Pfusch
auf Herz und Schmerz, auf Tusch und Husch
und spricht von einem guten Rutsch.

Es kommt das Jahr, ganz ohne Frage,
da ist dann alles plötzlich pfutsch,
oft mit viel Husch und wenig Tusch.

Doch steht ein Dichter schon bereit,
den Reim zu schmieden auf das Leid
für eine schöne Totenklage.

Mauer, 5. Jänner 1972
Für den dichtenden Botschafter Karl H.

Neujahrssonett

Für den 1. Jänner

Ein neues Jahr begonnen hat.
Es blitzt und böllert durch die Stadt.
Die Glocke, die vom Turme dröhnt,
wird von dem Lärm noch übertönt.

Der Übergang, wie immer glatt,
fand in Sekundenschnelle statt,
was mit dem Lauf der Zeit versöhnt,
der oft verteufelt und verpönt.

Ein Rauchfangkehrer, rußverschmiert,
reicht zur Begrüßung ungeniert
dem Neuling einen ganzen Strauß
von guten Vorsätzen ins Haus.
Es tut das duftende Bouquet
Erfahrenen im Herzen weh.

Mauer, 6. Jänner 1972

„Die Frucht der Stunde reift“

Allerheiligen in Seckau

Schnell schritt der Tag empor zur Sonnenhelle,
über des Morgens kühle Nebelschwelle,
als könnte er, zu Häupten solchen warmen Schein,
noch einmal treten in des Sommers Mitte ein.

Kein Moderruch naher Novembergrüfte
streicht ahnungsschwer durch die verklärten Lüfte.
Auch dürres Blätterwerk, am Straßenrand zu Hauf,
scheucht Sturmes Stoß noch nicht zu wilden Wirbeln auf.

Zwar sinkt schon mancher Baum in Schlaf, entlaubt,
und Gärten dämmern, letzter Frucht beraubt.
Das hohe Jahr indes, es feiert sein Vollenden
in Buchenlohen und in Lärchenbränden.

Während einer Fahrt von Leoben nach Pernegg, 1. November 1969

Pernegger Morgen

Die Erde hält den Atem an,
als wäre nächtlings sie erstickt
auf ihrem Flug durchs Weltall weit
im Eishauch der Unendlichkeit.

Von unsichtbarer Hand geführt,
ein Lösen geht von Ast zu Ast,
und was gespenstisch angerührt,
schwebt tänzelnd hin zu kühler Rast.

Ob grün noch oder frostverbrannt,
ein jedes will die Erde segnen
und sich verstreuen übers Land,
wie einst ein Blütenniederregnen.

Der Wald in feierlichem Bann
tief in sein stilles Innere blickt,
nur zu ergründen noch bereit
in allem Wandel Wesenheit.

Pernegg, 17. Oktober 1971

Auf dem Rosenberg

Der Sommer will nicht sterben,
will noch den Herbst beerben
mit seinen Sonnentagen
und durch den Winter tragen
ihr warmes Himmelslicht,
daß es verlösche nicht.

Durch die verwaisten Gärten,
die wundersam verklärten,
in hohem Herbstzeitalter,
tanzt ein Zitronenfalter
in den Mittag hinein.
So trügt auch ihn der Schein.

Mauer, 24. Oktober 1971

Abschied

Und wieder hebt ein Morgen an,
der abendlich Versprechen
nicht milde lächelnd halten kann,
der lehrt nur, es zu brechen.

Was rot am Himmel leuchten tut?
Es ist das hingegossene Blut
der Hoffnung wacher Träume –
Mark unserer Lebensbäume.

Mauer, 24. Oktober 1971
Nach einem der letzten Besuche am Krankenlager von Max Mell

Südsteirischer Herbst

Fahrt durch Nebelgrau
ahnt noch Sonnenschau.
Hinter Bergesrand
schlummert Sommerland.

Doch auch dort versäumt,
was einmal erträumt.
Leer das Storchenrad,
kahl der Schwalbendraht.

Überm Rebendach
läutet zögernd nach
hölzerner Glockenschlag
letztem Lesetag.

Schweigt der Klapotez,
breitet sich ein Netz
kühler Trauer aus,
dicht von Haus zu Haus.

Kirchen, Schiffen gleich,
hoch auf Hügeln weich,
zieh'n im Abendschein
ihre Segel ein.

Auch am Kreuz Herr Christ
jetzt ganz einsam ist
auf dem Stoppelfeld
und in weiter Welt.

Während einer Fahrt über den Wechsel nach Graz, 26. Oktober 1971

Atlasreise

Des Nachts begebe ich mich öfters auf die Reise
mit einem großen Buch in meiner müden Hand,
das mir auf stumme und doch so beredte Weise
noch manche Kunde bringt von fernem Jugendland.

Noch manche Kunde bringt von fernem Jugendland,
das ich seit langem schon verlassen habe
auf dieser wechselvollen Wanderfahrt
von ungewollter Wiege hin zum Grabe,
verhaftet einer gnadenlosen Gegenwart.

Verhaftet einer gnadenlosen Gegenwart,
die neue Not nur aus der alten züchtet,
wie das noch fremd war fernem Jugendland,
und sich in Wachtraums wirre Bilder flüchtet,
die geistern durch das große Buch in meiner
müden Hand.

Des Nachts begebe ich mich öfters auf die Reise.

Auf dem Hasenriegel, 15. Dezember 1971

Pernegg

Wenn ich so durch das Dörfchen gehe,
in der Erinnerung lieber Nähe,
und nach den alten Häusern sehe,
erfaßt beim Anblick ihrer Mauern
mich jäh ein eisiges Erschauern.

Und plötzlich kommt's mir in den Sinn,
daß ich schon längst gestorben bin
und nur noch an der Toten Seite,
ein Schatten, über Stufen gleite,
ganz Gestern und Vergangenheit:
O herrliche Unwirklichkeit!

Was ist das für ein seltsam Leben,
dies leichte durch die Stunden Schweben
und über alles sich Erheben?
Ein wunderbarer Neubeginn
des unbegreiflichen „Ich bin".

Pernegg, 8. April 1972

Klöcher Mai

Hängt noch in der Luft
rosa Frühlingsduft.
Kleiner Pfirsichbaum
trägt manchmal im Traum
noch sein Blütenkleid.
Abschied tat ihm leid.

Lispelt leis' im Wind
junges Weingebind.
Im Kastaniengrün
helles Kerzenglühn,
freundlich anzuseh'n.
Zeit, sie bleibt nicht stehn.

Und auf feuchtem Grund
mancherlei ein Fund:
Löwenzahn und Lauch,
Dotterblume auch.
Heimlich drängt ans Licht
blau Vergißmeinnicht.

Überm Hügelzug
goldener Höhenflug.
Sonne steigt und steigt,
spät zur Ruh sich neigt.
Noch nicht ahnen mag
den Johannistag.

Nur im Baum ein Blatt
hat schon Jugend satt,
färbt sich gelb und braun,
bitter anzuschaun.
Hat ins Land gebracht
Herbste über Nacht.

Wer die Stunden zählt,
hat das Ziel verfehlt,
das dem Dasein Sinn
gab von Anbeginn.
Im Gedankenhaus
Hoffnungslicht lischt aus.

In Erinnerung an Klöch, Oggau, 26. April 1972

Juni im Murtal

Wie der Herbst kommt er heran,
der frisch umgrünte Junimann,
in seinem windekühlen Schreiten
durch Wiesen tief und Felderbreiten.

Neigt sich schon die Sonnenbahn,
ist bald erfüllt des Jahres Plan?
Noch wollen sich die Tage weiten
und kraftvoll mit den Nächten streiten.

Es ruht die Zeit noch einmal aus
in langer Dämmerung blauem Haus,
hält inne, eh sie sich versieht
und ihre Straße weiterzieht.
Aus dem Gräsermeer, dem feuchten,
folgt ihr ein Sternewiderleuchten.

Pernegg, 10. Juni 1972

Auf dem Strassegg

Getreide steht schon hoch.
Du wartest immer noch
auf Sommers Anbeginn
in deinem Herzen drin.

Dort ist noch Winterszeit.
Gefühle tief verschneit.
Nur unter dickem Eis
Taubächlein rieseln leis.

Im Wald ein alter Mann
starrt dich entgeistert an.
Da bricht ein stummer Schrei
aus seinem Aug': Vorbei.

Es ist der Sommergeist,
der so den Weg dir weist:
Unheimliches Dorthin –
ohne jeden Sinn.

Mauer, 7. Juli 1972

Vorau

Gottesburg inmitten
Waldeskranz, smaragd
umgürtet, turmbeflaggt.
Jungfrau, laß dich erbitten!

Gold, das nach Moder riecht.
Die Pergamente schweigen.
Durch der Choräle Reigen
knisternd der Holzwurm kriecht.

Silberweihrauchschale,
leergeatmet ganz.
Nur noch ein matter Glanz
an Propstes Pektorale.

Den Handschuh abgestreift
und weggelegt die Kette.
Blaß wird das Violette.
Die Frucht der Stunde reift.

Nicht Fürst mehr unter Fürsten,
der vorn am Throne steht.
Rund um die Erde geht
ein Hungern und ein Dürsten.

Fernes Menschenleid
in frostdurchklirrten Nächten
aus tiefen Brunnenschächten
zum schwarzen Himmel schreit.

In Wolkenstukkorahmen
wacht frommer Väter Schar.
Es kreist um den Altar
ihr vielbärtiges Amen.

Träumt ein Amethyst
von dem, was sich gewendet.
Der Herr am Kreuze spendet
die letzte Gnadenfrist.

Maria aber bettet
in Freskoblau ihr Kind;
die Schauenden, sie sind
gerichtet und gerettet.

Während einer Fahrt nach Graz, 23. September 1972

Im Gabraungraben

Im braunen Laub darf ich ein Rotes noch entdecken.
Es leuchtet in der Mittagssonne wie Rubin.
Die späte Beere läßt des Sommers Süße schmecken,
all sein Arom, das längst verflüchtigt schien.

Und der Geschmack will falsche Hoffnung mir erwecken
auf eines langen Tages lichten Anbeginn.
Doch kühler Hauch und bleiche Dünste strecken
ihr Bahrtuch über die erschöpfte Erde hin.

Die Lust, sie blieb mir in der Kehle stecken,
weil ich schon selbst ein Stück des Herbstes bin.
Es stirbt sich schön in Büschen und in Hecken,
ein fernes Blütenatmen noch im Sinn,
leer aller Früchte, aber voll des Wissens
um das Geheimnis eines letzten süßen Bissens.

Mauer, 13. Oktober 1972

An der Steinbergstrasse

Föhrenbuschen, Weidengerte
tragen weiße Glitzerbärte,
schauen dich verzaubert an.
Schaukeln sich im Windhauch leise,
deuten dir auf ihre Weise,
daß man nichts errechnen kann.

Mühe dich und zähle alle
winzig kleinen Eiskristalle,
Wunder, das gefangen nimmt,
und du spürst sogleich die Schranken,
die gesetzt sind den Gedanken,
und daß keine Rechnung stimmt.

Mauer, 25. Dezember 1972
In Erinnerung an einen Wintertag am Hasenriegel

Steirische Wanderung

Wenn durch kühle Dämmerung
weht der Hauch der Fichten,
spürst du der Erinnerung
Bilder sich verdichten.

Und was dir erhalten bleibt
noch in fernen Tagen,
Überschwang der Sinne, treibt,
ihnen nachzujagen.

An des Abendhimmels Rand
Bergeskantilenen
spiegeln dir das ganze Land
und dein Wandersehnen:

Ins Gebirge zieht's mich hin,
wo die Schlangen hausen.
Schleicht mir wieder durch den Sinn
angstgebanntes Grausen,

wie es einstmals mich befiel,
da ich ihr begegnet,
Todesmal im Kinderspiel,
das schon lustgesegnet.

Hier beim ersten Bergwärtsgang
war es aufgerichtet,
Kreuz, das mich dann niederzwang
und dem Leid verpflichtet.

Drohend starrte es mich an
aus des Kreises Mitte,
und die große Furcht begann,
hemmte meine Schritte.

Auf dem Weg zur Kirchentür,
über Stein und Schotter,
wurde sie zum Zeichen mir,
jene schwarze Otter.

Weißer Kirchturm ragt empor
vor des Grimmings Mauern,
überwölbt das runde Tor,
läßt mich stumm erschauern.

Anblick, der mir so vertraut.
An uralten Steinen,
die ich gläubig noch erschaut,
möchte ich beweinen

alle, die gestorben sind.
Pürgg, im Wasserrauschen
deiner Brunnen wie als Kind
fernen Stimmen lauschen.

Weil das Leben Wechsel ist,
voll der irren Launen,
habe ich es bald vermißt,
jenes große Staunen,

das so machtvoll mich ergriff,
als ich ihn andächtig
sah aufragen wie ein Riff,
steil und übermächtig,

aus des Tales weitem Grund:
höchster Berg der Alten.
Und es dichtete mein Mund,
schuf sich Wortgestalten

damals wohl zum ersten Mal,
um dies Bild zu loben,
und es zündete der Strahl,
der mich traf von oben.

Wunderbares grünes Land,
weckst mir die Gefühle
wieder auf am Dämmerrand
milder Abendkühle.

Und es drängt mich freudig fort,
eines zu dem andern
wohl zu fügen und im Wort
alles zu erwandern.

Dort in Vorau will ich sein,
wo die Engel singen,
goldumglänzt, im Heiligenschein,
und die Orgeln klingen,

Chorherren beten, psalmenreich,
in den violetten,
weihrauchwarm und seidenweich
schimmernden Mozzetten.

In Pernegg auch kehr ich ein
bei dem alten Dichter.
Da entflammen hell und rein
die Gedankenlichter,

und kein Abschied und kein Tod
löscht ihr Weiterleuchten,
wenn sich auch im Abendrot
müde Augen feuchten,

die um dieses Daseins Frist,
um die knappe, wissen
und, was so vergänglich ist,
doppelt schmerzlich missen.

Und ein spätes junges Glück
will ich wieder haben.
Doch es liegt auch schon zurück,
tief im Zlattengraben,

wo die Väter noch nach Gold
schürften in der Erde,
und das Erz zu Tal gerollt,
alles voll Beschwerde.

Soll ich immer nur im Tal
in der Sonne liegen?
Endlich habe ich einmal
einen Berg erstiegen!

Hochlantsch, Rennfeld hieß das Ziel,
das gar hochgesteckte.
Sein Erreichen neu und viel
Lebenslust mir weckte.

Denn was ich bislang gesehn,
sehe ich nun bunter,
reicher und vielfältig schön,
schaue ich hinunter

und nicht länger bloß hinauf,
meist gebückt ein wenig.
Unter mir des Alltags Lauf,
fühl' ich mich – ein König.

Pilgre ich zur Königin
auf dem Pöllauberge,
weil ich doch noch gläubig bin,
sprengt die Liebe Särge.

Dunkle Gräber öffnen sich,
und in hellem Bogen
Hügelhänge heimatlich,
himmelwärts gezogen,

von dem Schwung der Formen weich,
vor geweihten Stufen.
Hörst du aus dem Väterreich
nicht ein fernes Rufen

noch inmitten dieser Zeit,
die nicht ganz verloren,
denn durch neue Frömmigkeit
wird sie neu geboren.

Solche Frömmigkeit ist dort,
wo vor tausend Jahren
schon an hochbesonntem Ort
Reben heimisch waren.

Unterm Weinlaub lebt sich's gut,
da ist Lust und Leben,
wenn die Trauben auch ihr Blut
nur für Schweiß abgeben.

Wie ein buntgewirktes Band
sich die Gärten schlingen
durch das sanftgewellte Land,
Südwind regt die Schwingen,

Pappeln flüstern, knarrend dreht
Klapotez die Flügel,
und ein Sonnensehnen geht
über alle Hügel.

Pernegg, 26. und 27. Mai 1973

Nachjohannistag

Auf unbemerkten leisen Sohlen
hat sich die schwarze Winternacht
in Sommers Taghaus eingeschlichen
und in dem hellen, feierlichen
und überschwenglichen Gedränge
der Rosen um Sekundenlänge
des Lichts den Hausherrn schon bestohlen
und um ein Quentchen Kraft gebracht.

Pernegg, 22. Juni 1973

Auf der Teichalm

In Waldesschatten, zwischen Farnen,
auf hohem, langbesonntem Schlage
stimmt vielgeliebter Enzian
sein blaues Sommernachgeläute
mit angewelktem Atem an,
das noch erwartungsvolle Heute
spätdurchwärmter Sommertage
mit Scheidewehmut zu umgarnen.

Auf der Teichalm, 10. August 1973

Pernegger Oktober

Du lenkst den Schritt schon hin zum Stall,
nicht mehr hinaus auf grüne Weide,
dem jungen Hengst das alte Brot zu bringen.
Nur noch der Friedhof prangt in Asternseide.
Durchs Tal hin rollt ein Nebelschwall,
und aus dem frühen Dunkel Aveglocken klingen.

Der Hauch vom Hochwald, er schmeckt bitter.
Am Weg die Schatten wiegen schwer.
Furcht stapft durch aufgeweichten Lehm
vor jedes Winters Wiederkehr.
Doch eine Lampe hinterm Fenstergitter
leuchtet schon vor dem Stern von Bethlehem.

Pernegg, 29. Oktober 1974

SULMSEE

Lebensgleichnis: Auf und Nieder
spiegelt jenes Auge wider,
in das sich das Bild versenkt,
das den Blick nach oben lenkt.

Strahle, Himmel! Wasser, glänze!
Oben gibt es keine Grenze,
unten ist sie rasch erreicht,
denn der Tränenfluß ist seicht
in solch lieblichem Gefilde,
das uns gläubig stimmt und milde.

Mauer, 27. April 1975

Pürgg

Hier stimmen noch die Maße
aus längst entrückter Zeit:
Fährst du auf steiler Straße,
wird alles groß und weit.

Kirchturm und Grimming ragen
über der Zeiten Lauf
wie einst in Kindertagen
zu alter Größe auf.

Ihr Anblick rührt dein Wesen:
Was ist mit dir geschehn?
Kannst du doch noch genesen
an solchem Wiedersehn?

Darfst wieder aufwärtsschauen,
des Blicks empor entwöhnt,
und in den Himmel bauen,
was die Gedanken krönt.

Und neu darfst du entdecken,
was einmal du entdeckt,
zu alter Lust erwecken,
was tief in dir versteckt,

vergraben mit den Jahren,
die gingen übers Land,
voll bitterem Erfahren,
dem Hohen abgewandt.

Hier aber kann es werden,
daß Wasser schmeckt wie einst
und du, ein Gott auf Erden,
um Gottes Liebe weinst.

Mauer, 25. Juli 1980. Nach einem Besuch in Pürgg

Weg nach Lessern

Von oben brach hernieder
ein goldgebündelt Licht.
Du spürst es herznah wieder,
wie es durchs Dunkel bricht.

So ist dir einst begegnet
in zwingender Gestalt,
was deinen Weg gesegnet:
das Wunder Licht und Wald.

Doch vieles, wundertrunken,
ist ohne Heiligenschein
im Strom der Zeit versunken:
Die Welt, sie wurde klein.

Was ist noch groß geblieben?
Nur des Erinnerns Kraft,
ins Seelenbuch geschrieben
mit Jugendleidenschaft.

Gehst du den Weg nun wieder,
den du gegangen bist,
fällt auch das Licht hernieder –
ganz goldgebündelt wieder –
auf deines Lebens späte, letzte Frist.

Mauer, 25. Juli 1980
Nach einem Besuch in Pürgg (Lessern)

Spätsommer in Altaussee

Himmel senkt die Wolkenfahnen
über stille Wasserbahnen,
und der Wald zu guter Ruh
schließt die grünen Pforten zu.

Nebel lagern vor den Stegen.
Die Zyklamen an den Wegen
neigen sich schon blaß und matt.
Tau weicht nicht von Stein und Blatt.

Herr, der alles gut gemacht,
Sommertag und Winternacht,
laß im Herzen nicht verderben,
was die Liebe aufgespart,
und nach dieser Lebensfahrt
gönne uns ein mildes Sterben.

Auhof, 28. August 1982

Straden

Jungfrau, Himmelsbergerin,
Mutter voll der Gnaden,
weisest uns mit mildem Sinn
auf des Friedens Pfaden.

Reicht bis in die Tage hin
des Erinnerns Faden,
da du, Schmerzenskönigin,
feuerüberladen.

Wacht für dich am Hügelsaum,
vor der Felder Neige,
ein uralter Zedernbaum:
Bote aus dem Bibelland,
spürt er im Gezweige
Gluthauch noch von fernem Brand.

Mauer, 21. Oktober 1982
Nach einer Fahrt durch die Oststeiermark
im Gedenken an die Kämpfe um Straden 1945

GRAZ

In Sonnenlicht
und Nebelkleid
wird mir vor deinem Angesicht
die zugeschnürte Seele weit.

Vom Weinland her
ein Flügelschlag
südlichen Atems. Ruch vom Meer.
Fernweh nach einem Sommertag.

Warum ist mir
so leicht und lind
in dir, geliebte Stadt? Weil hier
in allem Widerstreit noch Freunde sind.

Während einer Fahrt nach Graz, 11. November 1982

Rein

Goldener Wolkenton
fällt aus dem Himmelsmeer,
streicht über Wiesen her,
stürmt durch den Wald davon.

Kreist um die Mittagsglut
in einem weißen Kleid,
taucht in des Teiches Flut,
trinkt von versunkenem Leid.

Schmilzt in die Glocke ein,
schwingend vom Klosterturm,
klirrt durch den Sonnenschein,
kündet Gewittersturm.

Sucht in entweihter Welt,
was sich nicht finden läßt,
hält nur die Liebe fest,
bis er zerfällt.

Mauer, 1. April 1983
Für Hanns Sassmann

Maria Fernitz

Am Wegrand eine Schlange liegt
und träumt vom Tümpelgrund der Au,
das Köpfchen in den Sand geschmiegt.
Zertritt sie nicht, Mondsichelfrau!

Was einstens du zertreten hast,
war nicht solch harmlos kleines Ding,
das sich da sonnt in stummer Rast:
Das Böse war's, das uns umfing.

Graz, 26. Mai 1983

Reisespruch

Keiner kann, Beethoven hat's geschrieben,
das Land wie er so innig lieben.
Laßt uns, die über Land wir eilen,
ein wenig seine Liebe teilen.
Dann wird mit jedem Blick und Bild
manches Geheimnis uns enthüllt.
Und was von Tageshast vertrieben,
bleibt in der Seele festgeschrieben.

Im Mürztal, 29. Mai 1985
Nach einem Besuch bei Bernd Schilcher

Auf dem Plesch

Der Wald ist krank.
Die Fichten stehn
im Sterbekleid.

Sag im Vorübergehn
dafür Dank,
daß du sie noch
gesund geseh'n
in deiner Kinderzeit.

Zu Ende geht der Weg.
Dein Wort wird müd
und auch dein Gang.
In dir verglüht
ein letzter Klang.

Du weißt es doch:
Es führt kein Steg
über den Abgrund der Vergänglichkeit.

Rein, 19. Mai 1988

Vesper

Das sind die kostbarsten Stunden.
Allem Lärm entronnen.
Stille gewonnen.
In sich gefunden.

Nur noch ein Rauschen
im Geflecht der Adern.
Nur noch ein Lauschen
an Gedankenquadern.

In sich gefunden.
Stille gewonnen.
Allem Lärm entronnen.
Das sind die kostbarsten Stunden.

Stift Rein, 19. Mai 1988

Mindszenty in Mariazell

Nach einem langen Opferleben
hat Heimat dir Asyl gegeben:
Heimat, fern und doch so nah.

Die Heimat wußte, was geschah:
Darum hat sie Asyl gegeben
dir nach dem langen Opferleben.

Kehrst du zurück aus ihrem Dom
verspätet jetzt nach Esztergom:
Bewahre dem Asyl für immer
ein Stück von deines Ruhmes Schimmer.

Sanatorium Döbling, 15. Mai 1990